Trinité Épique à Manhattan

Michel KINVI

Pour

Anselme Guyano et Douti Sinalengue,
deux élèves qui ont péri sous la brutalité policière au
Togo en 2013.
Et pour tous ceux qui travaillent sans relâche pour
une meilleure humanité.

Je remercie amicalement Justin Dalmeida, Joel Dossa, Léo Adja, Julien Anani Dosseh et Armelle Kayi Sitti pour leurs avis et encouragement sur le projet. Je rends une grâce spéciale à ma nièce Névera Koudadjé pour sa lecture compréhensive du manuscrit.

Michel KINVI

Chapitres

rélude

La vieille septuagénaire Lianna Queensley, un magnat de l'immobilier à New York City, avait laissé une fortune de douze milliards de dollars quand elle quitta ce monde l'été dernier. Dans son testament, elle avait réparti l'héritage entre ses deux fils, sa fille unique, ses deux petites filles et une fondation de charité, tandis qu'elle avait exclu catégoriquement son petit-fils Jason du partage tout en prenant soin d'accommoder au profit du chien de la famille une coquette somme de dix millions de dollars pour rente.

Dans le testament, le chien choyé, Trouble, est spécialement confié aux bons soins de Paris, sa petite fille cadette, seule en qui elle avait confiance pour assurer le bien-être de l'animal adoré. Paris est donc venue à New York depuis Los Angeles pour récupérer Trouble chez sa tante McDonnell et honorer en même temps quelques engagements de prestige. Mais elle n'a pas compté avec le concours de sinistres hasards.

Le malheur s'invite dans son pétillant univers de jeune fille riche quand au matin du troisième jour de son séjour à New York le chien, Trouble, disparaît de l'appartement cossu du neuvième étage, propriété de la grand-mère Lianna, où elle loge sur la 5ᵉ Avenue à Manhattan.

Nul ne peut imaginer ce qu'une cellule dormante d'un mouvement obscur d'extrémistes anti-Wall Street, tapi dans la métropole de New York cherchant l'occasion de commettre une agitation foudroyante peut tenter avec un chien doué qui vaut dix mille pesants d'or.

Demouth, un diplômé de Columbia University et guide touristique émérite de la ville, mis au chômage et sans le sou depuis le krach financier récent suivi de la crise économique rampante, est emporté malgré lui dans ce tourbillon opaque qui s'enfle et menace de disloquer la quiétude du *Big Apple*.

Trinité Épique
à Manhattan

Danse de Chien en Coup de Vent sur Wall Street

Wall Street, cette rue géométriquement insignifiante, a l'air décevant quand on la découvre pour la première fois. Car sa dimension physique est trop peu étroite par rapport à sa grandeur dans l'imaginaire et à son rôle dans l'ordinaire des mortels sur la planète terre. Elle fait à peine douze mètres d'un mur à l'autre, et juste sept cents mètres d'un bout à l'autre.

Cependant le souffle lointain très vivace qui nous parvient de son histoire épique et la sérénité qui émane des édifices colossaux qui la délimitent en imposent à notre entendement. Elle a, tout court, une âme ennoblie.

Aucun arbre n'ombrage les lieux, ni aucune fleur n'orne le décore. Ici la nature est entièrement domestiquée, le biotope est littéralement dompté ; l'austérité plutôt y a banni la flore. Malgré tout, Wall Street détient bien drôlement l'un des quatre pôles magnétiques de la puissance des Etats-Unis d'Amérique. Ce qui le hisse aux rangs de la Maison-Blanche, du Pentagone et de la Silicon Valley. Son charme vient aussi du fait qu'elle réclame à elle seule, dans son sacré réduit, trois grandes icônes affectives de la culture américaine.

Ce matin, lundi de pentecôte, passant ordinaire sur Wall Street, Demouth, très matinal, ne se sentait cependant pas attaché affectivement à ces icônes qu'abrite l'exceptionnelle rue. La raison est que d'un, il n'a aucune fibre de militantisme politique, ni républicain ni démocrate ; de deux, il n'a aucune habileté des affaires ; enfin de trois, il n'est fervent croyant d'aucune religion. Demouth est un esprit libre et détaché par rapport aux grands courants et vagues tumultueuses qui charrient les passions humaines et les brisent contre les ronces et récifs acérés des ambitions vaniteuses du monde.

Mais Demouth était bien conscient que ces icônes, même s'il ne les idolâtrait pas, avaient toutefois une influence certaine sur sa vie, sur sa situation actuelle. Mais il n'en faisait pas grand cas. Il s'en balançait, comme on dit dans le langage ordinaire.

En ce lieu, devant lui, à portée de voix, se trouvait la plus envoûtante des trois icônes, la New York Stock Exchange ; où les valeurs marchandes du monde fluctuent à la seconde près. Vingt-cinq pour cent des échanges mondiaux des valeurs pécuniaires y transitent actuellement. Derrière lui, à portée d'odorat, la plus honorable des icônes, le Federal Hall ; suprême symbole historique de la démocratie américaine où le premier vote des représentants des Etats avait élu le Général Georges Washington à la tête de la nation comme premier président. Et, juste un peu éloigné, à droite vers l'ouest, obstruant l'horizon et comme fermant la rue, se trouvait la plus vénérable des trois icônes, la Trinity Church ; paroisse la plus riche de toute la nation américaine.

À cet instant, Demouth se tenait debout sur le trottoir à l'angle nord-est de Wall Street et Broad Street, le regard vers le sud-ouest, tout près de la majestueuse statue du Général Georges Washington dressé sur le grand piédestal au fronton du Federal Hall. Il était huit heures du matin. Une douce fraîcheur venait du vent léger. Dans la rue s'exhalait un discret arôme de café, peut-être du robusta éthiopien ; et l'on notait par ailleurs, ici et dans les rues alentour, une affluence rapide de passants à cette heure matinale.

Les gens qui, contrairement à lui, avaient un emploi, débouchaient en se bousculant presque, la tête en premier, des nombreuses ouvertures souterraines et s'activaient à grandes enjambées. Certains étaient dans leurs costumes cravatés, d'autres étaient dans leurs uniformes professionnels distinctifs ou en tenues formelles ; des habits de couleurs sombres pour la plupart comme à l'accoutumé dans le Big Apple, New York City.

Ces passants matinaux se battaient tous contre la minute new-yorkaise pour se pointer aux bureaux ou à leurs postes de besogne assignés. Ils surgissaient des trous, aux centaines, toutes les dix minutes. Souvent, certains d'entre eux ralentissaient la foulée pendant quelques minutes pour une attente impatiente dans de petites queues silencieuses formées devant les vendeurs autorisés de café sur les trottoirs dans les rues environnantes. Des vendeurs presque tous Moyen-orientaux.

Ces vendeurs étaient-ils Pakistanais, Afghans, Libanais, Égyptiens, Syriens ou Irakiens ? Demouth n'en savait pas trop. D'ailleurs il n'y portait aucun intérêt ; pour lui ils étaient tous Arabes ou musulmans, tous des immigrés venus de ce lointain Orient, courant tous derrière le rêve américain ; rêve américain qui courait d'ailleurs encore plus vite et paraissait s'échapper devant eux en ces temps de la crise économique qui sévit amèrement durant ces premières décennies du troisième millénaire.

Demouth imaginait chacun des passants, à la fin de la foulée, se livrer au rituel quotidien imposé aux millions de travailleurs subalternes de la métropole jamais assoupie. Dès l'arrivée au boulot et au départ du boulot, chacun d'eux passera soit une carte électronique dans une machine horloge, ou soit y introduira les quatre derniers chiffres de son numéro de sécurité sociale, ou soit y tamponnera un carton sur lequel se trouve son nom. C'est selon la technologie adoptée par chaque entreprise ou service public, mais tout revient à suivre avec précision la ponctualité au travail et, au bout du compte, décider du montant du salaire individuel sur le chèque en fin de semaine.

Oui, ici à New York les salaires sont payés à la majorité laborieuse en chaque fin de semaine. Il vaut mieux quarante-deux menus salaires pétillants que seulement douze salaires consistants mais moroses au cours de l'année. Le train de vie semble plus rose ainsi car, ici à New York, chaque vendredi après-midi à partir de seize heures presque chaque employé vit une occasion de petite fête discrète puisque son chèque de commun travailleur tombe dans sa poche ou sur son modeste compte bancaire. Tout tourne relativement vite, donc l'argent aussi car le cycle financier est hebdomadaire, l'économie en général, les plaisirs aussi…et les déplaisirs aussi.

Mais Demouth, lui il se retrouvait sevré de ce rituel hebdomadaire depuis quatre mois. Salaire rapide, plaisirs rapides, déplaisirs rapides, il n'en expérimentait plus depuis un certain temps. Le cours de sa vie était devenu presque fade. Il était sans emploi.

Il n'avait plus vu la couleur d'un chèque depuis quatre mois. L'emploi de guide touristique perdu par licenciement, il en cherchait un autre assidûment, mais cela prenait du temps.

Cependant s'il était venu ce matin-là à Wall Street ce n'était pas pour chercher un emploi. Il n'y avait pas une seule chance d'embauche pour lui là, en ce lieu fabuleux, Wall Street. Même s'il y en aurait une pour lui techniquement, il n'en avait pas la moindre passion. Demouth se savait ne pas être un coureur derrière l'argent, il n'était pas un batailleur pour un sou. Alors il ne se voyait pas en train de vendre du café, ici la plus banale des occupations, dans ces rues à forte affluence du quartier financier, ni dans une autre rue de la grande métropole, et il ne se sentait pas capable non plus de s'asseoir dans l'un des confortables bureaux des gigantesques immeubles environnant pour travailler soigneusement sur un projet financier rentable de quelque genre. Son talent est ailleurs ; son talent consiste à parler... parler et parler !.. parler de New York City.

Demouth était sur Wall Street ce matin-là, comme il le faisait depuis trois mois, tous les jours ouvrables, pour rencontrer Dogood.

Entre temps, la fraîche brise du matin augmentait en force ; elle devint soudainement violente, soulevait et bousculait cheveux flasques, détritus et pans de vêtement. Il fallait s'abriter ! La cohorte matinale d'employés passant sur Wall Street accentua sa foulée. Demouth devait prendre une décision prompte. Il jeta un coup d'œil rapide à sa montre-bracelet. Il était huit heures et quart. D'habitude Dogood sortait de la station du Métro 2 avant huit heures et quart. Dogood était en retard ; quelque chose avait dû perturber les habitudes. Demouth tenta de deviner une raison ; il ne s'était même pas formé une quelconque idée dans son esprit quand l'animal qu'il tenait délicatement dans ses bras au niveau de la poitrine comme un nourrisson, se mit à s'agiter énergiquement dans une évidente lutte de libération. Il essaya de le retenir dans une intention protectrice, mais les efforts obstinés de l'animal criaient littéralement *Liberté*. Demouth ne connaissait même pas son nom, il ne pouvait même pas dire sa race. L'animal grogna, s'agita ; un aboiement ténu perça de sa gueule. C'est un chien ! Il était résolument entêté!

Confus et quelque peu attristé, Demouth s'était résolu en moins de cinq bourrades à le libérer avec précaution. Il se baissa et le déposa avec douceur, les pattes à terre, tout en tenant en main ce qui restait encore à son cou comme un bout de laisse.

Mais dans une impulsion subite le caniche s'échappa et, comme une furie, bondit dans le vent violent, s'éloigna de Demouth, le museau pointé vers le bas et les yeux rivés comme sur une proie qui se sauvait devant lui. Sous un grand étonnement mélangé d'énervement Demouth lâcha le juron brut que bon nombre d'américains ordinaires prononcent en de telle circonstance : « *Fuck ! what the fuck ?*» et il continua « *What this dog is…fuuucking doing ?* » Il n'avait pas fini ses jurons que le chien, dans sa course, fit un brusque échappé à gauche comme pourchassant le tourbillon de vent.

C'est alors que Demouth remarqua à une brève distance devant le chien, au sol, deux morceaux de papier sombre qui roulaient en tonneaux rapides dans une course folle, prisonniers du tourbillon. C'étaient des papiers verdâtres ; non, Demouth reconnut instantanément les papiers; c'était des billets de banque, des dollars. Le chien courait après des dollars en tourbillon ! Demouth porta instinctivement sa main droite à la bouche par étonnement et lâcha à voix basse l'invocation pieuse que bon nombre d'américains ordinaires délivrent en situation de bonnes surprises : « *My God ! my God, my good Gooood* !... »

Il s'activa à la seconde même et s'élança à son tour les yeux rivés sur les billets verts qui s'échappaient devant le chien, le chien qui s'échappait devant lui. Mais brusquement, après à peine six enjambées, il arrêta net son élan et lâcha à voix basse « *Shiiit* ! » Un grand embarras en même temps qu'une peur trouble s'emparèrent de lui. Il venait de commettre une énorme étourderie.

Sa brève course inopinée avait attiré l'attention dans l'alentour. Il avait mis en alerte le mini bataillon de gardes puissamment armés qui veillaient discrètement sur ce lieu sensible. Voyons ! Il venait de prendre conscience que c'est absolument incongru, insensé de se mettre à courir fougueusement sur Wall Street, et presque sous les murs du Stock Exchange !

À la minute où il s'était mis à courir, le plus proche des gardes, qui était à une quinzaine de mètres de lui, casqué, un lourd fusil noir automatique de moyenne dimension dans les mains, drapé dans un uniforme noir bleuté bardé d'une panoplie de gadgets nécessaires à sa tâche, se retourna furtivement et lui fit face, les doigts proches de la gâchette.

La situation était délicate pour Demouth. Une sueur tiède humecta son dos et collait quasiment son sous-chemisier à sa peau. Certains passants suivaient la scène tout en affichant une indifférence blasée. En ce moment, le chien continua sa course furieuse et passa en éclair le soldat. Les billets verts emportés par le vent avaient déjà dépassé le garde et avaient échappé à sa vue juste à la seconde même où il se retournait pour faire face au phénomène perturbateur, à l'aventureux provocateur, Demouth en course.

La marche du trottoir de l'autre côté de Broad Street bloqua la cavale des billets, le chien les atteignit, posa une patte sur l'un et saisit l'autre d'un coup de gueule. Le soldat, en ce moment, fixait Demouth. Demouth ne bougeait plus. Figé, il cherchait une excuse. Il savait que le stéréotype social militait en sa faveur dans cette situation malaisée puisque son identité physique le situait parmi le type d'Américain généralement classé moins dangereux. Cela transparaissait ; il est pur caucasien. Il lui fallait verbalement confirmer le stéréotype. Il était bien malin.

Il risqua alors une phrase dans l'accent new-yorkais trituré typique de sa catégorie, « Excusez-moi s'il vous plait, les gars, ce damné chien est à moi et il vient de m'échapper et je voulais le rattraper. Voyez-vous ?... » Le garde ne dit mot et ne se retourna même pas pour voir le chien dont il parlait. Le garde se disait sans doute que si chien il y eût et lâché en ce lieu, l'animal devrait être déjà sous surveillance accrue, ciblé par d'autres gardes postés tout près. Il y en avait au moins une dizaine présente dans la rue, mais très discrets. Lui, il s'occupait strictement de sa cible à lui, Demouth. Il fit des pas posés vers Demouth tout en le fixant et tenant fermement son fusil pointé en avant à l'oblique vers le sol.

À la seconde suivante, le chien, par une étrange habileté, finit par maîtriser le second billet de banque avec sa gueule. Alors il fit subitement volte face et trottina en sens retour, dépassa le soldat en le frôlant au pied droit chaussé d'une botte de cuir noir clinquante. Le garde fut surpris et détacha son attention de Demouth et le dirigea vers le chien en trot vers Demouth.

Revenu à Demouth le chien sautilla face à lui en se dressant presque à la verticale. Il lui arrivait presque à la ceinture, ce n'était pas un gros chien. Il tenait toujours les deux billets entre ses mâchoires et sautait sur ses deux pattes de derrière tout en bousculant de sa gueule les mains ballant au corps quasi immobile de Demouth. Celui-ci de plus en plus confus cherchait à éloigner ses mains de la gueule du chien qui apparemment cherchait quant à lui, dans un effort désespéré, à lui fourrer les dollars dans la main. Le vent s'apaisait en ce moment.

Le garde, déjà bien proche de Demouth et du chien, sembla se décontracter face à cette scène de complicité curieuse du chien et risqua à l'attention de Demouth :

« Woaw ! C'est un véritable super chien ! Quel est son nom ? » Demouth fut cueilli au vif par cette simple question conciliante car, à la question, il n'avait pas de réponse. Il se sentit niais et dû mentir dans un rapide effort d'intelligence, « Il s'appelle Lucky, répondit-il ». Le soldat, apparemment bien servi, complimenta :

« C'est sympa. Il est adorable, Lucky. Tien ! Il te ramène des sous. Qu'il est étonnant ! C'est à toi ces dollars-là qu'il tient dans la gueule ?

- Non. Je ne sais pas … euh… Bon, les billets étaient dans la rue, traînés par le vent. Il les a poursuivis et attrapés.

- Ah bon ? il est dressé pour cela ?... attraper de l'argent ? Une autre question à laquelle Demouth n'avait pas de réponse.

- C'est ce que vous constatez. C'est son ex-propriétaire qui lui a sans doute montré ce jeu. Il fut un chien de service, oui » mentit-il encore intelligemment.

En disant ce mensonge pieu et adroit par déduction du comportement du chien, Demouth se résolut à porter sa main gauche au museau du chien dans une tentative de retirer les deux billets. Le chien desserra aussitôt ses mâchoires menues, libérant les dollars. Il feignit de gratifier le chien en le câlinant à la tête et au cou tout en lui adressant des remerciements avec une voix affectueuse. Alors le plus inattendu se produisit. Le chien toujours sur ses deux pattes de derrière se mit à tournoyer sur lui-même. Il fit près de six tours d'affiler sur lui-même comme une toupie et s'arrêta, se mit sur ses pattes de devant et souleva celles de derrière. Un équilibre d'une dizaine de seconde puis il fit une roulade vers l'avant, se mit ensuite sur les quatre pattes et exécuta une sorte de chorégraphie de ballet classique. Il croisait les pattes gauches sur les pattes droites puis décalait les pattes droites et se déplaçait ainsi de gauche vers la droite toute en balançant sa queue, partiellement dégarnie mais arborant une touffe blanche terminale bien fournie, dressée en l'air.

Il y avait comme une frénésie magique dans cet exploit de chien. Quelques passants littéralement séduits marquèrent un arrêt de quelques secondes pour savourer la danse ballerine du chien enchanté. Alexandra Ferri ne chorégraphierait pas si bien si elle était de cette espèce! Le chien était sidérant tout simplement.

Le garde se détourna de la scène sans avant d'avoir intimé un ordre voilé à Demouth « Allons emmène le loin d'ici avant qu'il ne transforme les lieux en une esplanade de spectacle ». Sans hésiter, Demouth promit « Bien sûr monsieur ! Soyez rassuré que c'est déjà fait ».

Il souleva le caniche, mais à peine tourna-t-il dans le sens opposé du soldat, qu'il se retrouva nez à nez avec un homme de profil moyen-oriental. Ce dernier, sans attendre un mot de lui, lâcha :

« Cet argent est à moi !

- Comment se fait-il ?.. rétorqua Demouth embarrassé.

- Voyez-vous, je suis un vendeur de mets autorisé ici et c'est ma charrette qui est installée là-bas un peu loin au coin de Water Street. Et quand le vent a commencé par souffler, il a emporté quelques billets que j'avais disposés sur mon comptoir. Vous comprenez donc que je ne peux pas laisser partir au vent ces billets gagnés de dur labeur, alors je les ai poursuivis jusqu'ici ; ils sont à moi, expliqua l'autre dans un Anglais guttural en indiquant de l'index la direction de Water Street.

-Ah bon ?

-Ah oui ! Le vent a emporté ces billets que j'avais déposés sur le comptoir, affirma encore l'autre ». Il força un sourire mécanique en tirant ses les lèvres vers les tempes pour paraître courtois. Demouth, jugeant la logique, se laissa convaincre et lui tendit les billets sans autre forme de procès. En ce moment le soldat déjà éloigné de quelques pas tourna la tête et les entrevit du coin de l'œil pardessus l'épaule droite et continua son chemin vers son poste de sentinelle.

L'homme reçut les deux billets, les déplia et les regarda. Il retint un des deux billets dans la main gauche et tendit l'autre à Demouth « Gardez celui-là … Pour le rattrapage et la danse ! Je garde les cinq dollars ; merci ». Demouth soupira, fixa quelques secondes le visage de l'homme qu'il crut être un Pakistanais. Sans prononcer un mot, il le dépassa et s'éloigna sans prendre le billet.

« Voyons ! Prenez-le s'il vous plait ! insista l'autre en le rejoignant, … C'est pour le merveilleux chien, il est très aimable ». Demouth ralentit, se retourna et tendit la main pour prendre le billet de un dollar que lui remettait le 'Pakistanais' et précisa :

- Je le prends comme gratification pour le chien.

- Bien sûr ! Quel est son nom ?

- Euh … Lucky ! » bredouilla Demouth au bord de la nervosité. Il se dépêcha et s'éloigna sans entendre le reste des compliments que déclamait le 'Pakistanais' à l'endroit du chien étrange plutôt étrangement doué.

À contre-cœur, il marcha en sens inverse de la direction qu'il aurait voulu prendre. Les derniers événements successifs lui avaient embrouillé l'esprit. Le vent soudain, les billets en cavale, le soldat, la danse du chien, le 'Pakistanais'. Il naquit subitement en lui comme une frustration d'être en train de déguerpir des lieux sous l'ordre voilé du garde et de fuir aussi le regard inquisiteur du 'Pakistanais'. Finalement il se sentit comme un objet si léger et sans valeur que le vent soudain continue d'empoter à son gré loin de Wall Street, loin des gens qui ont un boulot décent, loin des gens qui ont le pouvoir de donner des ordres, loin des gens qui peuvent offrir un dollar de pourboires à un chien jongleur.

Il s'efforça de se mettre de l'ordre dans l'esprit. Il

s'arrêta, déjà proche de l'entrée de la station souterraine des Métros 2 et 3 à l'angle de William Street. Il décida de ne pas rentrer dans le souterrain. Il alla s'adosser à la grille de la bouche du métro, se tenant sur son pied gauche, l'autre jambe repliée avec la semelle mise à plat contre une des barres de la rampe.

Il lutta contre cette sorte de gêne qui le pressait de quitter des lieux. Il se domina puis ferma les yeux, inspira et expira une bouffée d'air frais pour se concentrer et prendre une saine décision. Il reconsidéra tout l'endroit, s'interrogea sur la rue légendaire qui venait d'être témoins de ce moment aussi insolite dans sa vie. Il s'absorba dans une méditation soucieuse.

L'image du géant drapeau américain, vaste de près de cinquante mètres carrés, posé en haut près du faîtage et enrobant les six colossaux et robustes piliers de façade de la New York Stock Exchange lui vint à l'esprit. Il se représenta mentalement tout le détail architectural de l'immeuble ; un imposant style néo-classique beaux-arts corinthien modelé à l'image d'un temple grec antique. Le bas-relief isocèle qui surplombe les colonnes majestueuses illustre des hommes à l'ouvrage et frappe la vue en inspirant l'abnégation. Le Stock Exchange domine les lieux depuis plus de cent ans. Même le gigantesque immeuble Fourty Wall Street plus élevé, près de trois cents mètres de haut avec ses soixante et onze étages plantés à quelques mètres de là vers le nord-est de la rue, ne le lui enlève pas en perfection.

Demouth se figura ensuite l'image de la statue de Georges Washington sur le piédestal à l'entrée du Federal Hall faisant face obliquement à la New York Stock Exchange. Il sourit amèrement en constatant l'ironie de la situation. Voilà non loin de lui un homme couvert de gloire, Georges Washington, qui se tient là, figé immortel sur Wall

Street et y restera encore des siècles. Demouth, maîtrisait bien la biographie du principal père de la Nation Américaine. Washington fut un père fondateur modèle ; sa bravoure, son intelligence et ses hauts-faits, sa loyauté au service d'une jeune nation unifiée pour la prospérité du nouveau citoyen libre sont légendaires.

Mais lui Demouth, un authentique citoyen américain se retrouvait paradoxalement en ce moment même sur Wall Street, à deux pas de cette présence rassurante du père honoré de la nation, mais avec un trouble diffus à l'esprit et un chien étrange dans les bras ne sachant pas encore quoi en faire. Il se sentit inutile, désœuvré et bon à rien ; sans gloire la moindre et en sus indésirable sur les lieux.

Avec ses quarante bougies soufflées, il avait conscience qu'il était désormais sur le versant descendant du cône de la durée de vie ordinaire d'un homme. Il était dans la pente naturelle vers le néant, la mort. Il avait fait son parcours de la montée avec persévérance. Une bonne éducation scolaire, une vie morale et professionnelle sans faute majeure. Mais le sommet de sa vie ne lui avait offert aucun trophée de gloire. Son nom ne sera dans aucun livre d'histoire, sa photo n'avait jamais figuré dans aucun magazine de personnages de quelques exploits, ni dans aucune presse locale de voisinage. Il ne possédait ni maison, ni foyer, ni femme et enfant. Rien. Il était donc en train d'avancer vers la fin de son existence au monde sans laisser de trace significative dans aucune mémoire, dans aucune archive.

Cette méditation fut brusquement perturbée par un corps mouvant qui venait de passer trop près. Il haussa la tête. C'était une dame ou peut-être une demoiselle habillée en tailleur olive d'une coupe impeccable. Elle traînait dans son sillage une lavande d'ibiscus enivrant. Elle était déjà loin, en course contre la montre vers sa besogne. C'était peut-être une Manager, ou une secrétaire, ou un avocat, ou un comptable dans l'un de la myriade de bureaux au sein des innombrables tours qui forment la forêt de béton sous l'ombrage calme et frais duquel s'assied la colossale Stock Exchange dans le ventre de laquelle tourbillonnent les chiffres des valeurs du marché mondial.

Demouth se détacha de la rampe d'entrée de la station du Métro 2 et se résigna à quitter les lieux. Il se dit à lui-même, avec une humeur de mépris, que de tous ces milliers d'individus qui peuplaient la rue légendaire et qui étaient en chasse sans merci au dollar, il était peut-être le seul à en connaître et à en saisir l'âme. Il était convaincu que ces passants ignoraient presque tous qu'il y avait eu en cet endroit un mur banal en bois érigé, d'une rive à l'autre de l'île, entre le East River et le Hudson River. L'appétit mercantiliste des colons hollandais, qui avaient mis en premier le pied-à-terre en cet endroit, les avait conduits à construire le singulier mur en bois pour tenir à l'écart quelques Amérindiens et les Anglais qui étaient des indésirables en ce lieu au temps où les Hollandais possédaient 'légitimement' l'île et l'appelaient New Amsterdam. Mais la fortune remit plus tard cette portion de terre entre les mains des Anglais qui y détruisirent le mur de bois. Mais le mur rustique en bois est devenu mémorable par le nom de rue qu'il laissa et l'esprit mercantiliste hollandais se perpétue toujours ici après une moitié de millénaire. Wall Street, la ruelle du mur banal en bois érigés est devenue la voie glorieuse du filon d'or.

Lui Demouth avait aussi la pleine connaissance que le tout premier attentat terroriste qui attaqua la gloire mercantile et financière de la ville de New York eut lieu là même sur Wall Street, en septembre mille neuf cent vingt, contre le siège des J P Morgan Banks. Il dirigea son regard vers le bâtiment attaqué en septembre 1920. Une bâtisse qui rivalise le Parthénon dans sa conception et se situe au 23 Wall Street en face du Stock Exchange. Il essaya d'apercevoir depuis là les impacts de la bombe toujours visibles dans le mur coriace presque centenaire. Un chariot de vendeur 'pakistanais' lui cachait la vue de l'impact en ce moment.

La présence de ces impacts dans le mur n'a sûrement aucun sens pour ceux qui prennent d'assaut Wall Street tous les matins. Beaucoup d'ailleurs ne remarquent même pas ces impacts dans le mur de l'éminente banque; tellement ils sont pressés dans leur course contre la montre ; course contre la montre derrière l'argent qui est toujours insuffisant ; ils courent car ils sont tous dominés par le souci des innombrables factures à payer à la fin du mois.

Il faut payer la facture du loyer, la facture du gaz de cuisine ; payer l'électricité, payer le téléphone fixe, payer le téléphone portable , payer la télévision câblée, payer l'Internet ; payer les cartes de crédits bancaires, payer les cartes de crédit des grandes surfaces de distribution commerciale, payer les cartes de métro ; payer les métrages de stationnement de voiture dans la rue, payer les parkings autos, payer les déductions de sécurité sociale, payer les déductions syndicales, payer les déductions d'assurance médicale, payer les déductions de soins dentaires, payer les déductions de *medicare* et puis, en fin d'année, honorer civiquement sinon patriotiquement les taxes fédérales, les taxes d'États et les taxes locales. Alors ils ne cessent de courir. Courir, courir ; rester résolument dans la course, cette 'course de rats', ce marathon stoïque des braves citadins travailleurs vers la pitance qui tombe à la fin de semaine des mains magnanimes des grands entrepreneurs fabricants de rêve pour tous.

Demouth ajusta son fardeau de chien doué et longea nonchalamment Wall Street en direction de l'est vers South Street. Il n'était pas pressé comme les autres passants.

Trouble Disparut, Paris s'affola

Paris sortit toute fraîche de la salle de bain, traversa la chambre, entra directement dans le salon. Sa fragrance Versace se répandit immédiatement dans la vaste pièce rectangulaire, aux murs blancs lactés et roses aristocrates, meublée dans un style minimaliste. C'est une résidence du quartier Uper East Side, sur la 5e Avenue près de la 72e Rue, au neuvième étage dans un zonage des appartements huppés de la cité qui ne dort jamais. Le mobilier du salon en aluminium-bois-toile combinés est artistiquement sculpté par une main de maître postmoderne. Paris y logeait seule depuis trois jours dès son arrivée à New York de Los Angeles et s'y plaisait à la manière d'une jeune princesse émancipée des protocoles. Elle se dirigea d'un pas traînant vers le grand canapé quatre pièces aux lignes épurées dans un cuire beige tout ouvré en un contour essentialiste qui sut équilibrer l'utile et l'agréable.

Son corps entier, sauf devant au niveau du triangle d'entre cuisses où se collait un string minuscule juste utilitaire de Victoria's Secret en coton doux et rose, était totalement découvert. Tous yeux gourmands qui s'attarderaient sur cette forme pulpeuse aura une grande peine à rabattre les paupières pendant un bon bout de temps. Paris a un corps gâté par la nature à part qu'elle soit aussi bénite par la grâce aléatoire du sort social. Son corps est captivant et sa bourse est débordante.

Sa stature, juste à la moyenne, porte un buste adéquatement charnu à l'envi. On imaginerait, en voyant ses deux saillies juteuses de la poitrine, des avocats dodus déjà mûrs et luisants venus des plateaux du Mexique. On devine ces saillies fécondes répondre avec allégresse et tressaillement à toute pression ferme d'une paume mâle aimable et brûlant de désir.

Son visage pâle et ovale aux traits fins met fièrement en exergue un nez mince qui contraste si agréablement avec les lèvres concises mais très bien rembourrées, épaisses et roses lissées. Les yeux pétillent d'une pupille noir lumineuse sur le fond lacté d'une cornée large ellipsoïde. Ses cheveux sont d'une laine brun cuivré, vigoureuse et brillante, laissés longs sans ondulation, et tombent en natte sur ses droites épaules en équerre. Des épaules polies qui portent un cou de cygne qui rappelle la Néfertiti.

La hanche et la croupe sculptées dans une sobre masse volumineuse tiennent aisément sur des jambes fines mais fortes qui évoquent deux lignes projetées d'une pleine lumière du jour. La nature, pour faire culminer le tout l'a, en sus, gratifiée à la pommette gauche d'un minuscule grain de beauté sombre sur le teint pâle. Elle a plutôt un corps céleste, Paris ! Toutefois, sur ce plan, elle l'emporte difficilement sur sa sœur aînée Idare.

Elle atteignit le canapé, y posa d'abord un genou pour s'aider à éviter de s'y laisser tomber comme une masse morte. Mais sa descente gracieuse sur la couche molle du coussin stoppa net à mis chemin quand ses yeux saisirent derrière le canapé la place vide dans la ronde couchette vert-kiwi de Trouble.

Elle se remit debout promptement, contourna le canapé, se baissa en plaçant un genou et une paume sur le plancher marbré pour regarder en dessous du canapé. Il n'y avait pas de trace de Trouble. Son coeur fit un léger bon dans son délicat thorax. Elle se remit sur ses pieds, balaya des yeux tout le salon de long en large. Trouble ne s'y trouvait pas !

«Trouble ! où te caches-tu ? » lança-t-elle d'une voix assez forte, audible dans toutes les pièces du vaste appartement. Aucun signe. « Trouble ! où es-tu ? » cria-t-elle encore. Elle alla tourner la poignée dorée de la serrure d'entrée de l'appartement. Elle était bloquée, la porte était bien fermée. Elle retourna dans sa chambre, soupçonnant que Trouble s'y était aventuré au moment où elle était au bain. Nulle trace de Trouble dans la chambre non plus !

Paris revint au salon, déjà soucieuse et nerveuse, elle regarda avec attention tous les objets pour déceler un indice quelconque. Elle passa de l'étagère en bois ciré à l'amplificateur de son, au poste téléviseur Samsung maxi plat de soixante pousses, puis à la console vidéo.

Elle remarqua qu'au-dessus de la console vidéo, les billets neufs de vingt dollars, qu'elle y avait laissés la veille, n'étaient plus en ordre. Elle les ramassa et les compta nerveusement. Il en manquait deux. Elle jeta des coups d'œil rapides autour d'elle, se pencha en avant pour voir derrière la console. Il n'y avait pas de trace de billet. Son cœur fit cette fois-ci un grand bond explosif et commença à tambouriner en saccade. Le sang rua dans ses veines de la tête aux orteils. Sa saine peau fraîche et pâle se réchauffa vite sous la forte transpiration et décolora vers le bronzé.

Elle vit des poils blancs, celles de Trouble, éparpillés sur le bord de la fenêtre vitrée à coulisse verticale. Le panneau coulissant était remonté. Elle se rappela l'avoir remonté elle-même depuis la veille dès son retour de dîner. Poussée par le désespoir brusque et sous l'impulsion, elle sortit la tête par la fenêtre et se pencha pour regarder en bas au pied de l'immeuble. Son effort fut vain, elle ne pouvait pas voir le trottoir. Un arbre feuillu juste là, à près de six fenêtres en dessous de la sienne, l'empêchait de voir plus bas; elle émit un juron à l'idée qu'il lui fallait descendre.

Mais au moment où elle allait se retirer de la fenêtre, elle remarqua en face dans l'immeuble situé à l'autre côté de la rue une présence humaine derrière la fenêtre vitré légèrement ouverte. La personne semblait braquer son regard sur sa poitrine découverte. Elle retira rapidement la tête et tourna prestement le dos à la fenêtre pour couper le spectacle qui médusait ce voyeur ou peut-être cette voyeuse.

Elle était plutôt rageusement soucieuse du sort de son chien. Elle ignora complètement à la seconde même le voyeur dont les yeux en ce moment croqueraient voluptueusement son derrière comme un puceau admirerait un tableau dans la Maison du Jouir de Gauguin.

Son inquiétude augmenta quand elle devina que Trouble s'était retrouvé sur le bord de la fenêtre. Et s'il n'était pas présent dans l'appartement, serait-il sorti par la fenêtre ? Se demanda-t-elle songeuse. Elle ne pouvait raisonnablement pas concevoir cela. Un chien ne peut pas sauter par une fenêtre à plus de trente mètres de hauteur, elle s'en convainquit. Mais le fait était là. Le chien avait disparu, deux billets de vingt dollars avec lui.

Les billets étaient tout proche de la fenêtre sur la console de musique, le chien s'était retrouvé tout proche de la fenêtre ; la présence des poils l'attestait. Paris retourna dans sa chambre en courant presque. Elle en ressortit quelques minutes après, habillée d'un pantalon noir droit H&M et un T-shirt blanc Abercrombi & Fitche . Elle composa diligemment un numéro sur son IPhone sertie dans une coque lilas parsemée de grains de diamant.

Elle s'adressa à l'interlocuteur à l'autre bout du réseau « C'est Mademoiselle Paris du 9B, avez-vous vu par hasard Trouble pendant la nuit ou ce matin ? Il n'est pas dans l'appartement ; ... Non ? ... Oui, la porte est restée bien fermée, je viens de vérifier. Et aucun visiteur n'est passé par le concierge pour ... ? Oui je sais, vous me l'auriez signalé. D'accord, je descends tout de suite. »

Deux hommes en uniforme sombre, un Indo-asiatique et un Hispanique de type mexicain l'accueillirent avec empressement et politesse à la conciergerie de l'immeuble. Elle les mit au courant des faits et les pria de l'aider. Ils étaient confus et attristés par cette mauvaise et mystérieuse nouvelle. Ce serait une part de leur responsabilité si une effraction eût pu être commise dans l'immeuble à l'insu de tous.

Le 'Mexicain' offrit sans hésiter de l'accompagner pour aller vérifier de l'autre côté de l'immeuble sur la 72e Rue comme elle en avait exprimé le souhait. Ils sortirent de l'immeuble, allèrent à gauche et, dès le tournant, ils braquèrent leurs regards sur l'endroit probable où tout objet pesant atterrirait en tombant de la fenêtre de l'appartement 9B.

Déjà dès le tournant, ils remarquèrent que rien ne se trouvait à l'endroit sur le trottoir sous l'arbre. Ils continuèrent quand même leur marche pressée. L'endroit était décidément vide. Pas de trace de chien. Le concierge se dirigea aussitôt vers le réceptacle public d'ordure au bout du trottoir et y jeta un coup d'œil, il n'y trouva rien de relatif à un chien. À côté du réceptacle, il y avait un tas incongru d'ordures renversées par terre. Il fouina dans les détritus cherchant un indice ; rien d'intéressant.

Il revint vers Paris qui avait la tête levée, regardant

vers la fenêtre, qu'elle n'arrivait d'ailleurs pas à voir. Les feuilles de l'arbre la lui dérobaient. Le concierge se tint à côté d'elle et regarda à son tour vers la fenêtre ou, plutôt, promena ses yeux dans l'arbre.

« Est-ce que vous voyez ce qu'il y a là dans l'arbre ? » demanda le concierge au bout de quelques secondes.

- Que voyez-vous ? demanda Paris nerveusement.

- Il y a un bout de corde là dans l'arbre. Suspendu à la branche fourchue juste au-dessus de nous. Il montra du doigt pour orienter les yeux de Paris. La voyez-vous?

-Pas encore.

- C'est une laisse de couleur brune et verte, elle est mince.

- Trouble avait... Attendez, montrez-moi bien.

- Suivez la troisième branche principale qui se détache du tronc et continuez sur la branche secondaire de droite...

- Ah je vois. Mais c'est ... Elle est coupée ! La corde est coupée ! La laisse de Trouble est brune et verte. Je la lui ai mise au collier hier après-midi quand le promeneur était venu pour le sortir. Je crains que ce ne soit elle qui est là...

- Vous ne lui avez pas détaché la laisse après son retour de promenade ?

- Je ne sais plus... sûrement pas. Hier j'ai dû m'empresser de sortir pour ne pas être en retard à un rendez-vous. Alors j'avais sans doute négligé de lui détacher la laisse au bout du collier quand le promeneur l'avait ramené à la résidence.

- Oui, sans doute.

- Mais cela n'explique pas pourquoi mon chien a disparu. Et que sa laisse se retrouve suspendue à une branche dans cet arbre et que ses poils se retrouvent éparpillés sur le bord de ma fenêtre là-haut.» fit observer Paris en gesticulant dans un accès de colère contenue, les yeux embués de larmes réprimées. Le 'Mexicain', affecté, pinça amèrement les lèvres. Il garda le silence pour un moment en respect du silence dans lequel Paris restait plongée en cet instant. Il fit quelques pas comme pour encourager Paris à quitter les lieux. Celle-ci ne bougea pas. Il revint vers elle et la conforta :

« Ne vous faites pas trop de souci. Si le chien n'est pas là, pendu au bout de cette corde que vous supposez être celle qui devrait être à son cou, cela veut dire que le chien n'est pas mort. Probablement qu'étant tombé, je ne sais pas comment, par mégarde de la fenêtre, sa chute a été ralentie par les branches et la corde a dû s'accrocher par chance à cette fourche de branches. Et j'imagine que se mettant à gigoter au bout de la corde, il l'a rompue et est tombé au sol puis étourdi il s'en est allé perdu en ville. C'est l'explication plausible que je donne à la chose. C'est une simple idée toutefois… une supposition ».

Paris soupira fort et demanda au concierge :

- Êtes-vous francs quand vous affirmez que personne n'était venu à mon appartement pendant la nuit ? Ne pensez vous pas que quelqu'un soit venu, qu'il a jeté le chien par la fenêtre et a pris les deux billets de vingt dollars ?

- Toute la vérité vous est dite, Madame. Nous n'avons laissé personne monter au neuvième cette nuit. Et d'ailleurs si quelqu'un…

- Je sais, l'interrompit Paris, vous pensez que si quelqu'un était venu dans l'appartement, il devrait emporter tous les billets qui étaient là. Mais, il se peut que la personne ne voulait que tuer le chien. Elle n'était pas intéressée par l'argent.

- Vous voulez dire que la personne ne serait pas intéressée par beaucoup d'argent ? Puisqu'il a supposément emporté au moins quarante dollars sur les deux cents dollars qui se trouvaient là. » Paris secoua la tête, ne dit mot, fit quelques pas devançant le 'Mexicain' pour quitter les lieux. Ce dernier la suivit, comme un majordome suivrait sa maîtresse pour recevoir des instructions.

Dès qu'elle fut hors de la voûte de l'arbre, elle leva la tête et tourna le regard par curiosité pour voir du côté de la fenêtre en haut à l'opposé de la rue. Elle surprit encore les yeux gourmands du voyeur, toujours là derrière la vitre, braqués sur elle. Elle eut un écœurement en même temps que de la panique cette fois-ci. Sa marche rapide changea instinctivement en un trot qui l'éloigna rapidement du 'Mexicain'.

Arrivée à la conciergerie à bout de souffle, elle s'assied sans autre formalité sur le bord de la table qui y servait de bureau pour reprendre haleine. Le 'Mexicain' ne tarda pas à arriver à son tour et lui demanda:

« Est-ce que vous vous sentez bien, Mademoiselle ?

- Ça va, assura-t-elle, entre deux souffles.

- Vous avez couru… !

- Oui, mais ça va. Ce n'est rien. J'ai juste voulu vite rentrer ici, c'est tout.

- Devrions-nous appeler le 911 ? suggéra l'Indo-asiatique'.

- Non ! Pas du tout ! Refusa t-elle sèchement.

- Ou bien, ne serait-il pas commode d'avertir le centre de garde pour les animaux de compagnie perdus ?

- Non ! je vous remercie. C'est gentil de votre part. Je compte pouvoir m'occuper de tout cela moi-même » objecta-t-elle et se leva pour partir. L'Indo-asiatique' la suivit et actionna l'ascenseur de service après l'avoir devancée en quelques pas rapides. Elle entra, la lumière feutrée à l'intérieur de l'ascenseur adoucit l'expression d'angoisse qui émanait de son regard. Elle appuya promptement le numéro neuf sur la plaque de contrôle noire assortie de boutons ronds dorés. La porte ferma sans un bruit. Elle fut emportée aussitôt par la silencieuse machine ; un Otis ultramoderne spacieux aux parois faites en aluminium poli garni d'un miroir et cadrées dans du bois verni.

Rentrée au salon, elle se laissa tomber sur le canapé comme une dépouille négligemment jetée sur un tas d'immondices. La robuste consistance élastique du canapé imprima un soubresaut à tout son corps. Ce qui ne fit pas du bien à son esprit maussade. Puis elle prit peur encore à l'idée de la présence persistante du regard pervers derrière la fenêtre de l'autre côté de la rue. Elle resta immobile et pensive pour un moment, adossée au canapé, sous l'emprise d'une profonde amertume. Elle n'arrivait pas à supporter l'idée que Trouble soit mort au pire des cas. Elle se décida à agir de manière pratique en faisant le peu qui était en son pouvoir.

Elle sortit son Iphone de la poche du pantalon H&M. La fraîcheur métallique que la coque couvrant l'extérieur dorsal de l'appareil raffiné communiqua à la fine peau de sa paume fut la seule douce sensation qu'elle reçut depuis près d'un quart d'heure. Sa tension cérébrale diminua d'au moins un dixième sous cet effet bienfaisant du contact physique avec l'appareil. Elle passa le doigt sur l'écran pour faire apparaître le menue, puis toucha de l'index la fonction Internet et identifia Google Recherche. Dans la fenêtre de recherche, elle composa sur le clavier tactile les mots *"Lost and found dogs"*.

L'appareil ultrarapide sortit le résultat à la seconde suivante, une vingtaine d'adresses s'affichèrent sur l'écran. Les toutes premières indiquaient des lieux au Texas ou à Atlanta. Elle poussa un juron et retourna le curseur dans la fenêtre de recherche. Elle ajouta 'in NYC' et toucha *entrer*.

Le nouveau résultat lista une autre vingtaine d'adresses affichées en bleu souligné, plus précises dans New York City. Elle parcourut les cinq premières:

New York Animal Care & Control (AC&C)- Lost and Found
Lost Dogs-Found German Shepherd Dog in Brooklyn NY-Fido Finder®
Animal Rights Advocates of Western New York
Dog Detective - Lost and Found dogs in New York
Dog Detective® - Lost Dogs & Found Dogs — The first and largest...

Elle visita tour à tour chacun des sites Internet affichés et y trouva des numéros de téléphone et des liens de contacte e.mail. Elle les nota tous dans les marges d'une page d'un magazine Mens' Health qui se trouvait à portée de sa main dans un porte-journal proche du canapé, et s'apprêta à composer le premier numéro de téléphone ; mais elle se ravisa.

Elle songea que ce serait imprudent de sa part d'appeler elle-même directement les agences spécialisées dans la recherche des animaux de compagnie perdus. On lui demanderait sans doute son identité et son adresse. Et cela risquerait de saboter son souci de discrétion dans la ville. Elle est la sœur sosie d'un personnage publique traqué par la presse de vanité. En effet, il y a moins de trois mois sa sœur aînée, Idare qui cst mannequin, chanteuse et actrice, avait été mise aux arrêts pour conduite d'automobile en état d'ébriété à part qu'elle fut au centre d'un scandale de diffusion sur les medias sociaux de sa propre vidéo montrant des scènes chaudes de rapports intimes avec son copain quelques mois auparavant. Paris ne voulait pas que l'ombre morale terne de sa sœur embrouillât la sienne. Mais en plus, toute sa famille était guettée par la presse de vanité depuis que sa matriarche Lianna Queensley, aménagea une fortune de dix million de dollars pour le chien doué, Trouble, avant de mourir, il y a juste onze mois.

Faudrait-il pour autant renoncer à la recherche du chien ? Non ! Il n'est pas question d'abandonner. Une idée lui vint. Demander l'aide de sa tante Suzanne Mcdonelle. Elle devrait d'ailleurs rencontrer Suzanne le soir à la soirée du sixième anniversaire de Global Orphans America dans la salle d'Assemblée du Secrétariat Général des Nations Unies. C'était d'ailleurs l'autre raison de sa présence à New York à part la récupération de Trouble chez la tente McDonelle déjà faite depuis trois jours.

Paris est descendante d'une des familles les plus riches des États-Unis d'Amérique. Son grand-père du côté maternel fut un magnat du pétrole au Texas et de l'immobilier à New York il y a huit décennies. Sa mère Alison, fille unique parmi trois enfants, avait déjà bénéficié d'une dotation spéciale de la part du vieux ; dotation évaluée à plus de cent millions de dollars. Cette fortune, investie dans plusieurs secteurs d'affaires allant de la mode vestimentaire de masse aux jeux vidéo en passant par la restauration, est encore florissante.

Et dernièrement quand la grand-mère Lianna mourut elle laissa l'héritage à la descendance. Paris en avait eu sa part, mais elle ne comptait pas s'engager dans une vie d'entrepreneuriat. Par contre sa sœur sosie Idare a une fibre très sensible pour les affaires. Idare est plutôt une personne théâtrale. Elle est active dans le Fashion Design, dans la Musique, dans le Cosmétique, dans le Cinéma, bref tout ce qui est du Show Business l'attire. À vingt-cinq ans, elle a déjà touché à tout dans le Show-Business avec un talent remarquable. Et elle réussit assez bien pour s'offrir un train de vie bourgeois sans dépendre de la fortune familiale, sauf de la maison, un manoir de deux mille mètres carrés à Los Angeles dans les parages de Cheviot Hills.

Mais le mal d'Idare, la sœur aînée de Paris, est qu'elle ne cesse de créer à répétition des situations scandaleuses autour de sa vie publique. Exhibition sexuelle, abus d'alcool et bévue en public, délits mineurs comme possession de quelques pelotes de cannabis, brèves mises à la garde-à-vue pour peines correctionnelles. Tout cela fait d'elle un personnage et un sujet de prédilection pour les magazines de vanité. Même les principaux tabloïdes et les chaînes de télévision n'hésitent pas parfois à l'afficher à la une de leurs pages. Souvent dans ces cas, des sites Internet temporaires et affairistes lui sont consacrés in extremis pour l'actualité passagère. Tout le monde y tire son profit par le biais de la publicité. Elle-même semble s'en sortir la plus gratifiée car selon certains spécialistes du marketing, tous ces bruissements "fâcheux" constituent pour elle une tactique pour "se construire une marque déposée". Marque déposée dans l'esprit de millions de consommateurs… la marque "Idare".

Si toutes deux sont ravissantes, Paris est cependant le verso de sa sœur quand il s'agit du tempérament. Elle est plutôt mesurée, modeste et discrète, réservée. Selon la généalogie familiale, Idare tient plus du caractère expansif de l'un de leurs grands pères du côté maternel qui fut un brave chevalier Teuton tandis que Paris tient plus du caractère libre mais précautionneux de l'une de leurs grand-mères du côté paternel qui fut une reine Andalouse.

Elle pensa et décida de tout ce qu'elle devrait faire pour éviter de faire fuiter la disparition du chien. Elle appela la conciergerie et fit venir dans son appartement l'un après l'autre les deux concierges. Elle leur recommanda le silence absolu jusqu'à ce que le chien ne soit retrouvé vif ou mort. Ils ne devraient en parler à personne en aucun cas sous peine de sanction pour divulgation de secret professionnel car leur corporation prévoit ces genres de situations particulières d'exigence de discrétion sur la vie privée des tenanciers. Elle enregistra chacun des entrevues sur son smartphone tout en promettant une attrayante récompense aux deux serviteurs si la recommandation était respectée. Elle composa le numéro de tante Mcdonelle et se laissa à la renverse sur le canapé attendant que l'appel soit décroché à l'autre bout.

Errance dans les Dédales du Downtown

Demouth longea Wall Street en direction Est vers South Street. Bien nonchalant et dubitatif il avait un vague à l'âme, ne sachant pas exactement que faire. D'habitude, depuis trois mois, qu'il venait sur Wall Street chaque matin pour rencontrer Dogood, c'était sur un emploi du temps déterminé de la journée. Prendre un petit-déjeuner ensemble au Prêt à Manger sur Broadway, parcourir rapidement les nouvelles dans la presse et échanger des points de vue sur divers sujets publiés dans New York Times, New York Post, et Dally News. Se séparer vers huit heures trente quand Dogood se rendait à son bureau et Demouth s'en allait faire la balade exploratoire dans les environs pour revenir à treize heure rencontrer à nouveau Dogood pour prendre ensemble le déjeuner au Pound & Pence sur Liberty Street.

C'était devenu presqu'un rituel quotidien depuis trois mois. L'amitié entre Demouth et Dogood s'était nouée autour du football américain. Ils sont tous deux des inconditionnels de ce sport de néo-gladiateurs casqués s'affrontant sans merci autour d'un ballon ovale dans l'arène. Mais en plus, Dogood, avocat de profession, marié et père de deux enfants, était passionné de Baseball.

Tous deux ne rataient jamais un match de la compétition de football américain et surtout le *Super Bowl*. Certains jours, à la sortie du bureau Dogood rejoignait Demouth qui l'attendait toujours à l'angle de Broadway et de Liberty Street et tous deux prenaient le métro et se rendaient dans le bar *Mean Fiedler* à côté de Times Square pour savourer une partie pugnace sur écran géant. Dans ces ambiances excitées, ils se tapaient souvent de larges coupes de bière *Budweiser* ultra-fraîche qu'ils vidaient à l'enfilée jusqu'à en compter des nombres à deux chiffres durant un seul match. Leur passion pour ce jeu était inouïe.

Solitaire ce matin, Demouth continuait sa marche lente vers South Street ; la East River était visible devant lui dès cet instant. Au loin, à l'autre rive du fleuve, il aperçut les immeubles dressés en ligne de front à la bordure de la fascinante contrée de Brooklyn. Cette vaste contrée, plus vaste que la ville de Paris en France compte deux millions huit cent milles âmes en ce moment. Deuxième des cinq contrées qui forment la métropole de New York City, elle est dite la plus fascinante tranche de la Grosse Pomme ; d'autres personnes de goût diraient la plus succulente. De la ligne des immeubles se dégageaient le Brooklyn Eagle Ware House et les bâtiments du Watch Tower où s'édite *Awake* l'ubique périodique des Témoins de Jehovah. Le Brooklyn Eagle Ware House est une bâtisse colossale, en briques rouges, où des scènes du fameux film Banboozeled de Spike Lee furent tournées, et dont l'étage supérieur uniquement fut vendu à plus de quatre millions de dollars récemment.

Demouth eut une pensée pour Dogood. Il se demanda si entre temps Dogood avait pu finalement arriver à la station de métro et l'ayant manqué avait dû partir seul au restaurant. Alors il décida de faire demi-tour pour se rendre sur Broadway. Il n'était pas certain que Dogood y fut ; il tâta machinalement la poche gauche de son pantalon. La poche était plate, vide. Une frustration naquit en lui aussitôt. Cette poche, désormais vide, avait été la loge douillette d'un Blackberry 7250 pendant sept ans d'affilée. C'était l'envi d'appeler Dogood qui lui fit tâter mécaniquement la poche. Il sentit encore plus en ce moment la nécessité du téléphone portable. Il n'en avait plus un depuis deux mois quand la compagnie téléphonique AT&T se trouva obligée de lui couper le service en mai dernier lorsqu'il manqua de payer deux mensualités consécutives.

Sur le point de retourner, il eut le temps de remarquer à l'autre côté du fleuve un attroupement mobile avec deux silhouettes blanches facilement assorties du lot. Il se dit que ce devait être, comme d'habitude, un couple de nouveaux mariés accompagnés de leurs familles et convives pour des photos de souvenir idylliques au bord du fleuve. Les photos en cet endroit captent toujours en arrière-plan le décore architectural spectaculaire du Quartier Financier avec ses gratte-ciels en rang serré qui forment la troupe frontale de Manhattan et percent de leurs pinacles les gris nuages matinaux qui filent follement vers le nord, portés par les vents agiles de l'Atlantique.

L'attroupement se trouvait sur la plate-forme du Fulton Landing, un endroit historique auguste devenu aujourd'hui une place d'idylle. De mémoire, ce fut en ce lieu que le Général Georges Washington organisa l'escapade stratégique de neuf mille soldats rebelles en une seule nuit face à l'offensive féroce des trente mille Tuniques rouges Anglais à la bataille de Gowanus pendant la révolution contre l'impérialisme britannique.

À l'une ou l'autre rive du East River, au Fulton

Landing ou au South Street Seaport, les milliers de visiteurs journaliers ne voient et ne se laissent ébahir que par l'ambiance récréative et le décore pittoresque ; l'enchevêtrement harmonieux de briques, de bois, de verres, de marbres et de métaux clinquants les éblouit plus que tout. Ils ne voient que le beau et le grand, mais lui Demouth peut voir au-delà. Il percevait à travers ces œuvres les vertus du sacrifice et de l'abnégation ; il saisissait l'âme des lieux. Il peut les nommer tous, mentionner leurs actes de naissance, les mesurer, leurs attribuer des rôles historiques et des exploits passés ou contemporains ainsi de suite. La Fourty Wall, le Woolworth, le Municipal Building, le Brooklyn Bridge, la Saint Paul's Chapel et autres encore ont chacun un mot profond de vertu à dire.

Demouth se souvint ne plus être allé au Fulton Landing depuis plus de huit mois. La dernière fois qu'il s'y était rendu ce fut en compagnie d'un groupe de quinze étudiants venus du Delaware à qui il présentait la métropole de New York à travers un circuit de tour de ville compréhensible. Les étudiants Delawariens furent très impressionnés et étaient repartis chez eux tous transfigurés car ils devinrent radicalement imprégnés de l'esprit pétillant et endurant de la métropole new-yorkaise.

Il retourna sur ces pas, mais se rendit compte qu'il aurait de l'embarras à passer près du vendeur de café et du garde d'élite en poste en face du Stock Exchange. Il choisit d'aller à droite. Il traversa Wall Street, continua sur Water Street puis tourna à gauche sur de Maiden Lane en direction de Broadway.

Il longea le mur de la Federal Reserve sur Liberty Street. L'énorme bâtiment de style néoclassique en roche grise repousse toute agression par sa seule apparence. Il est costaud, pesant et serein. Quarante pour cent des lingots d'or du monde sont entreposés là. Le surgissement de l'idée des lingots d'or fit que Demouth passa machinalement sa main gauche sur le flanc du mur comme s'il voulait vivre la sensation de toucher le métal précieux enfermé dans cette forteresse. Il passa sous une des fenêtres du bâtiment. Les barres des fenêtres sont d'une robustesse étonnante, elles ont une trempe superlative. Le diamètre d'une seule barre peut se mesurer pas loin de l'épaisseur de son bras. Demouth supposa qu'elles devraient être en acier peint en noir.

Il déboucha sur Broadway, jeta un clin d'œil intrigué à la Deutch Bank qui se trouvait à quelques centaines de mètres devant lui vers l'ouest, à l'autre côté, entre Liberty Street et Rector Street. Devenu sinistre, cet immeuble de soixante-dix étages était soumis à une décontamination minutieuse suivie d'une démolition méthodique suite à la catastrophe du Onze Septembre. Il devrait disparaître avant peu. Encore, comme si le sinistre n'était pas assez désolant, deux sapeurs-pompiers y avaient péri, il y avait deux jours seulement au cours d'une bataille acharnée contre un incendie non encore expliqué.

Demouth tourna à droite sur Broadway et se dirigea vers le Prêt-à-Manger situé entre Maiden Ln et Dey Street sur Broadway. Il regarda à travers la vitrine du restaurant et ne vit pas Dogoog à leur table favorite. Il voulut bien s'assurer et rentra dans le restaurant pour fouiller du regard tout l'intérieur. Il n'y avait pas de trace de Dogood. Une des serveuses le reconnut et lui fit la politesse « *Hi sir* » et fixa pendant deux seconde l'étrange compagnon qu'il portait dans les bras, sur le poitrail. Il répondit « *Hi* » sans un mot de plus ; il tourna le dos et repartit.

Le chien lui pesait notoirement en cet instant et il sentit une ankylose dans les bras. Il réajusta le chien avec un geste brusque de poussée vers le haut de son poitrail pour se soulager un peu les bras. Ce geste fit que la face du chien se trouva presque à la même hauteur de la sienne et sans crier gare le chien dégourdi lui lécha goulûment le menton d'un coup de langue humide, manquant de peu sa lèvre inférieure. Surpris par la vitesse et l'impacte frissonnant de cette impertinence du chien et dégoûté par cette sensation baveuse au menton, il tressaillit et faillit laisser tomber le chien par répugnance. Mais il se retint à temps et prit ce petit mal en patience.

Il descendit Broadway et se dirigea vers le gratte-ciel du One Liberty Plaza qui occupe tout le bloc entre Broadway et Church Street. C'est un géant parallélépipède noir tout en acier que Demouth aimait appeler le colosse noir de New York. Les cinquante-quatre étages de ce colosse logent de grands cabinets d'avocats et des compagnies d'assurance. Ce fut le siège de Merill Lynch avant l'attentat du 11 Septembre. Dogood travaille dans l'un des cabinets d'avocats à l'intérieur du One Liberty Plaza. C'est d'ailleurs dans cet immeuble que Demouth l'a rencontré pour la première fois il y a à peu près trois ans et six mois déjà. Ce fut quand Demouth était en litige contre une station de radio qui l'employait auparavant avant qu'il ne devint guide expert de la New York City.

Demouth se demanda si Dogood ne se fut pas rendu à son bureau dès qu'il ne l'avait pas trouvé à l'entrée de la station de métro près de Wall Street. Demouth ne pouvait pas se rendre dans l'immeuble. Sans preuve de rendez-vous, le personnel de sécurité ne le laissera pas passer le barrage de tri. Alors il décida d'appeler le portable de Dogood.

Il plongea la main droite dans la poche de sa chemise et y sortit le billet que lui avait remis le 'Pakistanais'. Il le remit dans la poche se rappelant des trois pièces de vingt-cinq centime qu'il portait toujours sur lui comme mesure de précaution depuis deux mois pour des appels téléphoniques d'urgence. Il se rendit à la cabine téléphonique publique qui se trouvait juste à quelques pas de là en face du One Liberty Plaza à l'angle de Liberty Street et de Broadway. La cabine, une installation de l'omniprésente compagnie de service téléphonique Verizon, tendait déjà vers la désuétude ; les téléphones portables la supplantaient.

Demouth se rendit compte qu'il lui serait bien pénible d'utiliser le combiné. Car il aurait besoin d'une main pour porter le chien doué qu'il n'avait pas du tout envie de poser à terre, par crainte qu'il ne créât encore une situation insolite et embarrassante comme ce fut le cas sur Wall Street, il y avait à peine une heure.

Il s'aida de la main droite pour décrocher le combiné noir et le coinça entre sa tempe et l'épaule gauches en penchant la tête. Ce fut une gymnastique éprouvante pour ses muscles non entraînés depuis quelques années. Il inséra de la main droite un quater, pièce de vingt-cinq centime, dans la boîte et composa le numéro de Dogood. Au bout du fil Dogood répondit, mais sa voix sembla un peu veloutée. Au bout d'une brève conversation, il raccrocha, mais avait mal raccroché et le combiné tomba dru, se suspendit et balança au bout du raccord métallique en spirale extensible qui le retenait à la boîte. Dans le balancement, le combiné vint cogner par deux fois son genou gauche. Les heurts au genou créèrent une légère douleur qui l'irrita un peu et lui fit venir à l'esprit le malaise chronique qu'il sentait aux genoux depuis près de deux ans à chaque fois qu'il montait les marches d'escaliers à l'entrée des bouches de métro ou pour monter chez lui au troisième étage dans l'immeuble d'appartement où il habitait au nord-est de la commune du Bronx au quartier Gunhill. Le poids de l'âge use déjà ses articulations. Il reprit le combiné et le remit un peu sèchement dans le réceptacle où naquit comme effet un cliquetis métallique grinçant qui gêna son ouïe.

Son humeur maussade s'aggrava, il avala une salive pour se déstresser. Il ne verra pas Dogood de toute la journée. Dogood était occupé à une réunion à laquelle son superviseur au cabinet l'avait envoyé d'urgence en l'appelant hier tard dans la nuit suite à l'indisponibilité imprévue d'une de ses collègues. La réunion se déroulait dans les locaux d'un cabinet juridique partenaire sur Park Avenue discutant d'un projet de contrat. La réunion durera toute la journée.

Demouth réajusta son compagnon sur la poitrine, désormais compagnon d'infortune. Il marcha vers l'ouest. À l'angle de Church Avenue et de Liberty Street il trouva un banc public en granite brun disponible. Il y avait un homme assis sur le banc. Demouth le connaissait bien. C'est Double Check. Il occupe cette place assise depuis que le banc de granite fut mis là et il n'en bouge jamais. La mallette ouverte qu'il contrôle ne se ferme jamais. Cet homme d'affaire sculpté qui re-vérifie scrupuleusement le contenu de sa valisette personnifiait tous les travailleurs efficaces du secteur administratif et financier. Mais durant le 11 Septembre, il fut soufflé et projeté à terre par l'explosion ; restauré et remis en place par la suite, il est devenu un mémorial pour tous les travailleurs consciencieux victimes de la terreur aveugle. Demouth s'assit à côté de lui, Double Check, œuvre d'un artiste accompli, Seward Johnson.

Il retenait toujours dans ses bras le chien doué pendant qu'il était assis sur le banc. Le regard face au nord, il avait devant lui à gauche le site du Ground Zero. Une palissade grillagée fermait le lieu. Les bras d'acier des géantes chenilles au travail débordaient de la grande crevasse de plus d'une dizaine de mètres laissée sur le lieu après la disparition des tours jumelles.

Presque tous les New-yorkais attendaient avec impatience que le nouveau World Trade Center émerge rapidement pour faire resplendir à nouveau la gloire des États Unis d'Amérique et la prospérité continues du *Big Apple,* New York City. Demouth savait cela et connaissait au mètre près où seront disposés les cinq nouveaux immeubles fantastiques conçus par l'architecte émérite David Childs. La tour *Seven WTC* était déjà érigée au nord-ouest. Viendront prochainement les tours *Two, Three, Four, Five ;* et la *Tower One WTC,* qui pousse déjà et culminera à cinq cent quarante-deux mètres de hauteur formée de cent quatre étages prolongés d'un mât d'acier ouvré à Terrebonne au Québec. Et au milieu des cinq tours sera aménagé le principal mémorial composé de deux bassins d'eau courante en l'honneur des milliers passés à trépas lors de l'attentat.

Demouth ne trouva pas d'intérêt à regarder vers la gauche proche de lui car la vue de l'ex-Deutch Bank en démembrement était sinistre. Il portait plutôt son regard sur l'espace au loin vers le nord-ouest au-delà du site de Ground Zero. Les trois tours visibles du World Financial Center lui offraient un bien meilleur témoignage d'optimisme. Ces tours sont un chef-d'œuvre de l'architecture post-moderne dans le Big Apple. Ils abritent actuellement la Dow Jones & Co, le American Express et le Merrill Lynch. Le Winter Garden qui y est aménagé sous un dôme de deux mille panneaux de verre au-dessus de seize élégants palmiers robusta est un joyau délectable. Et tout le complexe de quatre tours interconnectées doit être le plus savant dosage de granite et de verre dans l'expression d'une opulence gracieuse. Son créateur César Pelli, argentin immigré aux Etats-Unis à l'âge de vingt-huit ans, est un talent magistral ; Ce talent se dégage aussi du majestueux Petrona Twins Towers à Kuala Lumpur en Malaisie. Pelli est l'un de ces jeunes immigrés à qui la

Grosse Pomme tient durablement sa promesse exceptionnelle du rêve américain.

Demouth adore passer des temps de lectures sur les terrasses récréatives intérieures du Winter Garden dans le World Financial Center. Il se rappelait toujours de l'agréable instant inoubliable qu'il avait passé dans l'atrium attenant au Winter Garden en compagnie de Florence. Un après-midi de dimanche, il y avait deux étés déjà, il avait amené Florence visiter les musées des Indiens d'Amérique et du Castle Clinton à Battery Park à la pointe sud de l'île de Manhattan. Après ils avaient eu un dîner au restaurant japonais dans l'atrium. Le moment avait été une étincelante partie de cour et de galanterie durant laquelle Demouth, comme un paon confiant, déploya tout un attirail d'étiquettes de séduction. Florence malgré tout ne lui concéda qu'une amitié cordiale par la suite ; elle avait habilement esquivé toute avance d'intimité, mais se rendit disponible pour tout divertissement extérieur. Ainsi ils avaient limité par la suite leurs relations à des déjeuners et dîners courtois ; ils avaient vu des films passionnants sur la 42e Rue et dansé gaiement dans nombre de boîtes de nuit de Chelsea et de l'East Village. Florence avait dû quitter New York pour la Floride après cinq mois de macération hédoniste dans le jus pulpeux et savoureux de la Grosse Pomme. Elle avait été sa dernière relation féminine ; une relation forte mais chaste, une complicité sans intimité.

Il sentit une présence mouvante vers sa droite. Sa rêvasserie cessa. Une jeune dame se tenait à moins de dix mètres de lui, tenant en laisse un chien. Le chien regardait vers lui. Il se rendit compte que c'était le chien doué qu'il portait dans ses bras qui attirait l'autre chien. La jeune dame hésitait à s'approcher ; ce qui n'est pas ordinaire à New York. Dans la citée fabuleuse les mœurs veulent que lorsque deux chiens se rencontrent dans la rue, les propriétaires se fassent la politesse en laissant les deux chiens se renifler. Et ces sacrés chiens, puisqu'ils sont chiens comme tout autre chien d'ailleurs, ne se reniflent mutuellement souvent que dans leurs postérieurs respectifs, tandis que les humains qui les tiennent en laisse feignent la pudeur et la civilité en affichant des sourires contraints, hypocrites.

Demouth, imaginant ce qui pourrait arriver dans les minutes suivantes, eut l'intention de déroger à cette convention puisqu'il craignait que le chien doué ne créât une autre scène insolite qui risquerait d'attirer l'attention des passants. Alors il le tint fort en prenant soins d'avoir une bonne prise sur ses pattes.

La jeune dame retenait aussi son chien et fit un tour en rond sur place. Le pantalon de lin blanc qu'elle portait moulait ses postérieurs et la ceinturait bien très en bas du nombril ; un nombril qui exhibait un piercing de mini-chaîne en or. Le bas-ventre très lisse et d'un teint laiteux était aussi plat qu'une carte de visite et dévoilait un texte gothique en ancre verte.

Le chien tenu en laisse par la jeune femme tirait sur la laisse en direction de Demouth. Elle le retint fermement. Le chien poussa quelques grognements à l'endroit du chien doué et racla nerveusement le ciment gris du trottoir avec ses griffes. Demouth sourit à la demoiselle. C'était un sourire mécanique à la new-yorkaise ; un pseudo sourire qui consiste en un mouvement de lèvres tirées vers l'arrière en deux secondes laissant les yeux sans expression. Un sourire non affectueux, qui dit en quelque sorte *"ok je t'ai vu, maintenant passe ton chemin !"* Ce genre de sourire n'invite guère à l'interaction, à la convivialité. Mais la jeune dame lui retourna plutôt un sourire avec chaleur, laissant paraître ses dents et s'écarquiller ses yeux amandes. Demouth céda à cette affection et s'obligea à inviter la jeune dame à s'approcher.

Mais elle hésitait toujours, sûrement parce qu'elle ne voyait pas comment son chien pouvait approcher l'autre chien qui était porté à bout de bras comme un nouveau-né.

Demouth comprit son hésitation. Il pensa à ce qu'il serait commode de faire sans prendre de risque avec le chien doué. Alors il resta assis sur le banc, posa le doué à terre mais retint fermement son collier. Il l'empêchait ainsi de marcher. La demoiselle s'approcha alors et laissa son chien humer amicalement le doué. Les deux compagnons d'homme firent connaissance et agitaient leurs queues avec forte jubilation. Les poils blanc éclatant et bouclés du doué contrastèrent assez avec ceux bruns et lisses de l'autre. Les deux caniches s'excitèrent et les reniflements courtois graduèrent rapidement vers des attouchements voluptueux. Leurs museaux impudiques s'égarèrent vers leurs entrejambes mutuels velus et, sans tarder, leurs langues mouillées, luisantes, s'éjectèrent de toute leur longueur et léchaient allègrement les postérieurs turgescents.

La demoiselle, pareille à une puritaine texane, détourna en douce son regard de cette scène impudique et fixait dans le lointain très en hauteur. Elle contemplait dans les airs un avion tout pressé qui transperçait furieusement les mous amas de cumulus avec son embout fuselé et rigide. Ce qu'elle niait des yeux tout proche d'elle sur terre elle le contemplait en sublimation vers le haut dans le ciel. Eros est visible en tout et partout !

Demouth quant à lui avait le regard tourné fixement vers le bas, à côté, surveillant facultativement une fourmi qui vagabondait à quelques centimètres de lui sur le banc public. Sa main qu'il ne contrôlait plus ne retenait d'ailleurs plus le collier du doué. Les deux innocentes bêtes sont donc complètement laissées à leurs pulsions attractives.

Au bout de deux minutes un grognement suivit d'une

bourrade força les deux maîtres faignants à revenir à la réalité, à ramener leurs regards pudiques sur les bêtes voluptueuses. Il y avait-il eu une langue avide qui eut trop appuyé sur un postérieur sensible ou bien une incisive acérée avait-elle heurté une boursouflure trop molle ? Les deux humains ne purent le savoir. Mais les deux bestiaux étaient en brouille. La demoiselle gardait plutôt un calme expérimenté tandis que Demouth confus tira sèchement le doué vers lui. Il se résolut ensuite à détendre l'atmosphère et demanda spontanément :

« Quel est son nom ? » mais se rendit compte ensuite qu'il s'invitait de ce fait à mentir pieusement une fois de plus. « Lucky », répondit la demoiselle.

Cueilli au vif, il eut une brusque secousse des épaules qui trahit son embarras. Il se préparait à donner le même nom quand la demoiselle demanderait en retour le nom du doué. Il se demanda s'il allait encore donner le faut nom Lucky qu'il avait collé au doué tout à l'heure sur Wall Street quand la sentinelle lui avait posé la même question. La situation lui parut dramatique. La question de la demoiselle tomba la à seconde suivante « Comment s'appelle-t-il lui ? »

Demouth passa la main gauche dans la touffe de front de ses cheveux et la tira vers l'arrière. Il répondit « Il s'appelle Foxy » La demoiselle reprit « Waw ! Foxy, un joli nom ! Salut Foxy ». Elle s'approcha et fourra sensuellement sa main dans la toison bouclée du doué. Ce dernier aima bien ce câlin et voulu avancer pour peut-être se frotter contre la jambe de la demoiselle qui prolongeait son geste affectueux, mais il ne put se coller à elle car Demouth le retenait obstinément par le collier.

La demoiselle se tourna vers son chien, le vrai Lucky, s'accroupit et le cajola tendrement en même temps que le doué. Son arrière-train se découvrit aux yeux de Demouth quand sa camisole en coton vert de juste mesure s'étira vers le haut. Demouth y contempla un autre joli tatouage. Une rose apposée sur un cœur, transpercés tous deux d'une flèche et un nom en dessous qu'il lut facilement, *Rogers*. Il devina que la demoiselle devrait être éperdument amoureuse d'un certain Rogers ; c'était sûrement la raison de la présence de ce symbole de cupidon en cette zone érogène de son corps.

Elle tourna la tête brusquement et surpris les yeux de Demouth. Elle lui fit un sourire mécanique, se releva face à lui et complimenta : « Votre chien est très corporel. Il répond bien aux attouchements. Il vibre à chaque touchée du doigt. Il est adorablement attachant ». Cette remarque renseigna Demouth sur une question qu'il ne s'était même pas posée depuis ce matin, le sexe du chien doué.

C'était un mâle, puisque la dame l'avait désigné au masculin. Il ignorait cela avant cet instant. Le chien doué était non seulement un mâle, mais un vrai mâle qui avait du répondant physique pour les femelles engageantes. Demouth répondit au compliment :

« Oui, merci sincèrement. En plus il est aussi très spirituel, ou bien je dirai très intelligent ; il fait aussi d'autres choses extraordinaires.

- C'est très bien, prenez en beaucoup soin. Au revoir, je dois y aller. Allons Lucky baby. Bye Foxy ! » Elle partit. Mais, au milieu de la chaussée, elle revint sur ses pas et demanda :

« Puis-je prendre une photo de souvenir pour les deux chiens ? » Demouth n'y trouva pas d'inconvénient et la laissa jouir de son désir. Elle prit à l'aide de son smartphone des vues sous trois angles des deux chiens mis ensemble. Elle exprima ses reconnaissances et s'éloigna en claquetant les semelles sèches de ses sandales sur le dur ciment gris qui s'étend à l'infini enveloppant les voies, trottoirs et places de la quasi-totalité des sept cent quatre-vingt-dix kilomètres carrés de la grande citée.

Demouth empoigna le collier du doué qui tentait de suivre la demoiselle, ou plutôt le chien de la demoiselle. Elle remontait Church Street en direction de Tribeca et semblait très occupée à envoyer des messages avec son smartphone. Demouth souleva le chien doué et se prépara à se lever quand il remarqua la demoiselle de l'autre côté à l'angle de Church Street et Cortland Street ralentir ses pas. Son chien se mit en position de besoin et elle porta la main à sa poche de pantalon et en sortit un objet souple. Demouth se rendit compte alors avec inquiétude que le doué, comme l'autre chien, pourrait d'un moment à l'autre sentir aussi le besoin. Mais lui il n'a rien dans la poche pour procéder réglementairement au nettoyage obligatoire de la salissure que le chien déposerait sur le trottoir. Vue sa situation de sans emploi, il craignait très fortement de se créer des charges insurmontables car si jamais le caniche se fut livré à ses besoins dans la rue et s'il s'y trouverait un agent public à cet endroit précis, il recevrait une contravention et devra se présenter devant un juge pour s'expliquer et payer une amande.

Il eut envie d'appeler la demoiselle pour lui demander si elle aurait un sachet plastique supplémentaire de disponible. Mais il ne connaissait pas son nom. Il s'en voulut pour cela et se mordit les lèvres.

Il venait de se comporter tout à l'heure comme un typique promeneur de chien New-Yorkais ; la demoiselle aussi d'ailleurs. Ils étaient tous deux restés là tout ce temps à parler des chiens sans parler d'eux-mêmes. La situation lui rappela la remarque que lui avait faite un ami éthiopien qui lui fit comprendre qu'il est très étrange que quand deux promeneurs quelconques, inconnus l'un de l'autre, se rencontrent sur un trottoir de New York, si l'un d'eux a un adorable bébé et l'autre a un merveilleux chien, celui qui a le bébé demanderait avec enthousiasme à celui qui a le chien le nom du chien et si possible lui fera des câlins. Mais cette gentillesse ne se fera pas forcément en réciproque ; on ne demanderait pas souvent le nom du bébé et l'on ne le cajolera pas comme on le fera pour le chien. On se séparera en échangeant des noms de chiens sans prononcer un seul nom de personne. C'est là une des étrangetés banales de New York.

Demouth en fit les frais. Il avait raté l'occasion de faire la connaissance de cette demoiselle attractive. En fait, Demouth en était venu à admettre par l'expérience de tout à l'heure que souvent si deux personnes étrangères l'une à l'autre acceptaient ce genre d'accointance dans la rue, ce n'est que pour permettre aux chiens de faire connaissance avec les tiers de leur engeance ; les personnes qui les promènent ne se soucient pas trop d'elles-mêmes en ces circonstances. Et ces genres de rencontre se font fréquemment sur les trottoirs ou dans les espaces de jeu au moins un cinquième de million de fois par jour si l'on compte le nombre officiel de chiens enregistrés dans la métropole.

Lorsqu'il se redressa pour quitter le banc et se séparer de Double Check ses yeux rencontrèrent une fissure notable entre la semelle et l'empeigne en cuir de sa chaussure droite. Il y darda les yeux et vit sa chaussette grise au travers du trou. Sa conscience s'en embarrassa beaucoup. Le trou lui donnait l'injonction qu'il était temps de changer de paires de chaussures ou d'aller voir le cordonnier. Il se claqua les mâchoires en deux coups secs à se faire mal aux molaires. Ses finances sont très maigres pour faire face à ce besoin. Même l'option de réparation n'était pas le meilleur choix qui s'offrait à lui car, dans cette grande métropole, les services de cordonnerie ou de couture sont réservés aux plus riches. Il est plus rentable à New York de s'acheter de nouvelles chaussures ou de nouveaux habits que d'en faire réparer des usagés un peu abîmés.

À contre-cœur, il se rallia à l'idée que la fissure dans sa chaussure droite risquait de durer et de s'élargir encore à son pied. Cela diminuait un peu sa coutume de toujours présenter une apparence décente qui est un signe de dignité. Il se recomposa courageusement, quitta le banc et s'en alla dans la direction opposée de celle qu'avait prise la demoiselle en pantalon de lin.

Il avançait dans le sens sud sur la rue Trinity Place, il dépassa la minuscule allée de Thames Street, longea rapidement le mur arrière de l'église Trinity Church et tourna à gauche sur la ruelle de Rector Street. Il n'accorda pas d'attention particulière aux vieilles tombes qui se trouvent de l'autre côté de la palissade dans l'enceinte de l'église mais s'obligea cependant à une révérence mentale quand il se trouva au niveau de la tombe en marbre blanc de forme pyramidale où s'endort pour l'éternité Alexander Hamilton.

Si Demouth devait rêver d'une gloire personnelle pour lui-même ce serait vers celle d'Alexander Hamilton qu'il inclinerait. Un esprit brillant et visionnaire, combatif et honnête, vécu en cet homme et en fit le père historique du capitalisme américain. Le billet de dix dollars actuel rend bien honneur à Hamilton en illustrant son portrait élégant qui laisse transparaître la grandeur d'un bel esprit logé dans un beau corps. Demouth ne ratait jamais d'occasion de parler avec verve de Hamilton à qui veut comprendre comment l'argent marche en Amérique. Après la révolution ce fut Hamilton, ministre en premier de la finance, qui mit en terre fertile le jardin argentier qui fleurit en Amérique depuis lors.

Demouth revint sur Broadway et décida de se rendre dans le jardin de City Hall, la mairie. De fréquentes manifestations de revendications civiles se déroulent souvent devant le bâtiment de la mairie, alors il voulait constater depuis le jardin si quelque chose d'intéressant s'y déroulait et s'en informer. Dans sa marche remontant Broadway sur le bas-côté Est, il occupa son esprit en lisant des noms de personnalités éminentes incrustés en bronze dans le dur ciment du trottoir. Il ignorait l'histoire de beaucoup d'entre elles. Cette ignorance ne le gênait guère car nombre des personnalités inconnues de lui n'ont pas de rôles historiques importants dans la City. Mais il était conscient qu'elles sont importantes pour d'autres causes et d'autres peuples. Des noms comme Mhenda Bir Bikram Shah Dev, Sylvanus Olympio, Muhamad Ayub Khan, Félix Houphouët-Boigny, James H Doolittle entre beaucoup d'autres sont honorablement gravés là, à intervalle régulier, sur le trottoir le long de la rue la plus populaire du monde.

Au niveau de Fulton Street, il sentit une crampe au ventre. La faim le tenaillait déjà. Il était sans le sou et l'absence imprévue de Doogood ce matin le priva de petit-déjeuner. Il estima qu'il lui serait plus bénéfique de se rendre à Battery Park où il pourra trouver plus de quiétude face à la grande baie où trône la Statue de la Liberté sur l'île enchantée. Il retourna sur ses pas. En même temps une petite pluie se signala par des gouttes fines qui l'obligèrent à presser les pas. Il marcha bien vite malgré le poids du chien et arriva près du très magnifique et pesant Taureau à la charge coulé dans cinq mille livres de bronze placé presque à la naissance de Broadway au seuil du petit jardin du Bowling Green, tout premier jardin public de l'histoire de la ville. Là, les gouttelettes de pluie devinrent drues et le forcèrent à changer d'avis. Il se dirigea plutôt vite vers la station du métro R contiguë au Musée des Indiens d'Amérique afin de s'y abriter.

Mais au moment où il allait descendre les escaliers

menant au souterrain, il sentit la présence de deux hommes qui se pressaient derrière lui comme pour le rattraper. Quand les deux hommes arrivèrent à sa hauteur, l'un ralentit le pas et resta derrière lui tandis que l'autre le dépassa et alla se placer quelques marches d'escalier en bas devant lui et lui fit face. Il tiqua et s'immobilisa. L'homme qui lui faisait face sortit un téléphone, y regarda attentivement l'écran et fit un signe de pousse levée à son compère en affirmant :

« Oui !

- Oui ? C'est la photo qu'elle vient d'envoyer ? reprit l'autre.

- Oui, aucun doute !

- Hello cher ami, fit alors le compère s'adressant à Demouth, qu'est-ce qui se passe avec ce chien ? Nous aimerions bien le regarder de prêt.

- Pourquoi alors ? fit Demouth.

- Quelqu'un vient de nous dire que c'est un chien extraordinaire. Nous voulons tout juste nous en rendre compte. »

Tandis que celui-ci parlait Demouth descendit les marches des escaliers et dépassa l'autre homme sans mot dire. Ils le talonnèrent. L'un essaya de le retenir par la chemise sans succès. Quand Demouth atteignit le souterrain, il remarqua deux policiers en faction près du guichet de cartes de métro. Il dépassa les policiers, mais les deux intrus stoppèrent là et ne le suivirent plus. Il alla se mettre au fond de l'antichambre et comptait y rester en attendant la fin de la pluie.

Le temps passa, les deux hommes attendaient là et devisaient. Demouth devina qu'ils ficelaient un plan et que c'était la présence des policiers qui les dissuadait de venir l'importuner à propos du chien. Il décida alors de les éviter carrément et imagina une astuce pour les dérouter. Un train arriva sur le quai la minute suivante ; il mit en marche son jeu : il passa en éclair sa carte d'accès et traversa le portique de station sans crier gare et s'engouffra précipitamment dans le métro. C'était le train R, qui redémarra en direction Uptown, vers le nord. Les deux importuns, pris de court, ne purent le suivre ; ils furent semés.

Faux-pas à Grand Central

Paris narra, au téléphone, sa détresse à la tante McDonnell et la pria de l'aider dans la recherche de Trouble. Elle avait le sentiment que le chien devait être encore vivant. La tante McDonnell, par compassion et devoir de famille, accepta d'appeler immédiatement le Animal Care & Control of New York (AC&C of NYC), une agence d'aide et de contrôle des animaux, en plus de quelques autres agences de recherche des animaux de compagnie égarés.

Elle se résigna à une attente impatiente pendant le temps que sa tante passait les coups de fil de renseignement auprès des agences qui s'occupent des animaux de compagnie égarés. Elle reconsidéra son emploi du temps qu'elle avait établi depuis la veille pour la journée. Elle devait déjeuner avec son conseiller financier au chic restaurant Masa dans le Time Warner Center, faire des emplettes de cadeaux de luxe sur la 5ᵉ Avenue à offrir à sa maman qui célébrait en ce mois son cinquantième anniversaire, participer à une soirée humanitaire au Secrétariat Général des Nations Unies.

Elle décida d'annuler le déjeuner afin d'avoir plus de temps pour agir au profit de la recherche du chien. Elle appela M. Harry Thompson son conseiller financier à la bourse de Wall Street et s'excusa d'un sérieux contretemps qui l'empêchait de se présenter au déjeuner avec lui. Elle lui suggéra toutefois de trouver lui-même une personne quelconque de son choix pour aller faire le déjeuner à deux qu'elle avait déjà réservé pour un prix de sept cent soixante-quinze dollars au Masa. Au téléphone, elle sentit dans la voix de M. Thompson que sa suggestion l'avait mis aux anges ; elle devina que ce serait une trop belle occasion de ratée pour lui de ne pas faire un tel déjeuner dans le plus cher restaurant actuel de New York. Le menu au Masa est la substance entéléchie de la cuisine japonaise à New York. Paris imagina que M. Thompson s'y rendrait très probablement avec une maîtresse qu'il voudrait bien impressionner.

Le téléphone sonna, elle décrocha. Tante Mcdonnell était à l'appareil et lui expliqua que les agences contactées n'avaient pas trouvé de trace de Trouble et qu'elle leur avait fourni le descriptif nécessaire et indiqué sa propre adresse et espérait que les agences feraient signe si elles obtenaient quelque information utile. Paris devrait donc attendre et patienter. Elle ne supporta pas cette idée et prit la résolution d'agir autrement, plus vite mais précautionneusement.

Elle alla sortir son Ipad d'un portefeuille Prada et accéda à Internet. Elle y fit une recherche dans Google et trouva la liste et la localisation de tous les parcs réservés aux chiens pour la promenade et les jeux à Manhattan. Elle enregistra la liste puis elle chercha une liste des agences de services promeneurs de chiens établies dans la City. Elle eut une liste de laquelle elle choisit l'agence la plus fournie en personnel disponible. Elle appela ladite agence et demanda qu'on lui fournisse dans quarante-cinq minutes une équipe de quatorze agents qualifiés promeneurs de chiens. Ce fut conclu, elle paya électroniquement un acompte pour le service et donna rendez-vous aux agents dans le Oyster Bar à la Grand Central Terminal. Elle fit rapidement d'autres recherches d'images et d'adresses utiles à la réalisation de son plan de recherche et descendit de sa suite.

Elle entra dans la limousine banale avec service chauffeur qu'elle avait demandé aux concierges de lui apprêter. En route pour la gare centrale elle passa d'abord par un guichet automatique de banque pour y extraire de l'argent liquide d'un montant significatif. Elle se rendit ensuite dans un centre de copies Staples sur la 35e Rue pour y tirer des copies d'image, de listes et de la carte de localisation des parcs d'amusement existants pour les chiens. Elle se rendit après à la 28e Rue entre Broadway et la 6e Avenue, y fit d'autres achats rapides et mit le cap enfin sur la Grande Centrale Terminal. La limousine s'arrêta sur Vanderbilt Avenue entre la 42e et la 43e Rue, elle en sortit précipitamment et s'engouffra dans la grandiose et magnifique station centenaire.

Le grand hall était noir d'hommes. Les innombrable voyageurs aux pas très pressés pour devancer la minute new-yorkaise télescopaient avec les touristes, flâneurs nonchalants, qui dardaient leurs yeux mystifiés sur chaque détaille des merveilles architecturales classiques du grand hub ferroviaire, surtout sur la phénoménale voûte verte céleste peinte en zodiaque.

Plus pressée que tous, Paris accorda peu d'intérêt au tourbillonnement ambiant et alla au hasard demander à un inconnu la direction vers les toilettes. Elle eut la chance de tomber sur la bonne personne qui lui indiqua de descendre au sous-sol. Elle s'y rendit et une fois hors de tous regards, elle sortit de son sac Armani la perruque rousse hirsute qu'elle venait d'acheter et s'en couvrit la tête puis passa négligemment un maquillage au visage, le tout pour camoufler sa ressemblance physique avec sa célébrissime et controversée sœur aînée Idare.

Elle ressortit et se rendit au Oyster Bar pour rencontrer les agents promeneurs de chien qui, elle l'espérait, seraient floués par la perruque et le maquillage en style vieillot qu'elle avait mis pour se déguiser. Elle poussa la porte vitrée du bar, mais avant d'y entrer une glace latérale à la porte lui renvoya son image ; elle la vit et douta soudain d'elle-même. Elle pausa un instant, visa encore pendant quelques secondes cette image et eut peur. Elle se convainquit que ce déguisement ne la rendait pas si étrangère et qu'elle risquait de se faire repérer.

Tandis que son odorat captait déjà les effluves appétissants du bouillon des meilleurs fruits de mer de New York dont l'Oyster Bar seul dispose le secret, elle se força à retourner sur ses pas vers les salles d'aisance. Avant d'y être encore elle repéra des chaises et tables aménagées dans le hall pour le confort des usagers. Elle alla occuper une des chaises puis sortit son téléphone.

Elle inspiration profondément pour se détendre les nerfs devenus très alertes et appela l'agence de promenade de chiens. Elle décommanda le service et pria l'interlocuteur de faire replier les quatorze agents envoyés pour la mission de recherche de Trouble dans la ville. Pour évacuer tout contentieux elle indiqua qu'elle payait tout de même et de suite l'acompte restant de la facture arrêtée pour le service. Elle alla sur le site de l'agence à l'aide de son téléphone et régla électroniquement le reste du payement.

Une fois ce problème réglé, elle souffla, mais se mordit ensuite les lèvres et s'en voulut de n'avoir pas été capable de mettre en exécution son plan de surveillance de tous les parcs réservés pour chiens à Manhattan pendant toute la journée afin de trouver la trace du chien perdu. Elle se rendit ensuite aux toilettes et défit son déguisement loufoque. Sur le point de sortir de la cabine, elle entendit dans le vestibule la conversation de deux femmes qui venaient d'y entrer :

« Il faut être vraiment dérangé par quelque chose de grave ou être déraisonnablement riche pour demander ces genres de services et les payer même si le travail n'est pas fait, déclara l'une.

- En tout cas ma journée est bien remplie. Je n'irai pas traîner dans des parcs de chiens, mais je serai payée pour une journée pleine. Que demander de mieux ? reprit l'autre.

- Ah oui, je ne te le fais pas dire. Retournons à l'agence pour empocher ce chèque tout bonnement. Dieu merci pour la courte journée sans peine ! »

Paris compris que c'étaient là quelques-uns des quatorze agents qui étaient venus au rendez-vous qu'elle venait d'esquiver. Elle frissonna et se retint de sortir craignant confusément de se faire remarquer. Elle resta encore trois minutes dans la cabine bien qu'elle n'eut plus rien à y faire. Les femmes partirent, elle sortit pour s'éloigner des lieux en jetant des coups d'œil furtifs par précaution pour ne pas se faire identifier.

Le grouillement de personnes sur les lieux l'empêchait de vite avancer vers l'une des grandes portes qui débouchent sur l'extérieur. En plus, l'architecture sophistiquée de la gare avec ses innombrables labyrinthes et galeries l'intimidait et lui faisait se sentir comme un moucheron perdu dans une fourmilière. Ce ralentissement l'énervait quand, juste à mi-chemin vers l'extérieur, elle fut interpellée par une voix non éloignée :

« Hey jolie dame, je suis paumé ! n'avez rien à donner pour le café ce matin ? La charité s'il vous plait ».

Son regard alerte chercha l'origine de la voix ; elle repéra un vieil homme qui tendait la main à trois pas d'elle, les yeux rivés sur elle. Non loin un autre homme, plus jeune, ajouta « Madame même un centime serait bien venu, je suis sans abri et je n'ai pas mangé depuis hier ». Ce dernier tenait et affichait de la main un morceau de carton brun sur lequel il était écrit à l'encre « *Perdu mon emploi, perdu mon logement, affamé, malade et sans espoir. Aidez le pauvre s'il vous plait. Dieu vous le rendra.* »

Elle s'étonna de la présence de ces pauvres gens en ce lieu, mais se ravisa rapidement en philosophant que *même au paradis il y aurait des insatisfaits.* Elle voulut s'éloigner, mais le flot lent devant elle et le regard suppliant du vieil homme lui imposèrent une attente momentanée, le temps que naisse du remords en son cœur. Elle porta la main à son porte-monnaie pour en sortir quelques billets. Elle chercha en vain et ne trouva pas de petites coupures. À l'instant même, une voix un peu en retrait s'écria :

« Holà hey ! C'est une personne célèbre que je vois là ! N'est-ce pas Idare la sulfureuse ? ne la reconnaissez-vous pas ? dans les films, à la télé, dans les journaux, souvent ? Heeey la petite beauté. Oh lala ! oooh mon Dieu ! »

Paris rentra les épaules sous la panique, donna précipitamment un billet au vieil homme et un autre billet au jeune homme puis recula pour s'éloigner ; mais dans la précipitation, elle perdit un billet vers lequel les deux clochards se ruèrent simultanément, mais c'est le jeune qui fut plus agile et chipa le billet au vieux. Ce dernier le lui réclama, le jeune riposta. La voix de tout à l'heure s'écria encore « Heey ce sont des billets de cent dollars ! Mon Dieu ! les sacrés gueux ! ils sont fortunés ce matin . Mon Dieu ! les pouilleux veinards, heureux gueusards ! »

Plein de regards se tournèrent vers la scène. Dans sa brusque reculade Paris butta contre quelqu'un. Elle se tourna et s'excusa sans attendre. C'était un policier. Il lui sourit, l'excusa et ordonna à l'endroit du jeune mendiant de retourner à Paris le billet ramassé par terre. « Non, non, ça va. Ils peuvent le garder » plaida Paris. « Dans ce cas, ils doivent le partager » jugea l'agent de police.

Pendant que l'agent intervenait, Paris n'avait que le souci d'échapper aux mille regards curieux qui la fixaient et elle fila promptement dans une direction quelconque. Dans son escapade, elle entendait le policier qui réclama au jeune mendiant de lui remettre le billet. Et elle l'entendit ensuite demander combien chacun des deux avait déjà reçu.

« Un très généreux cent dollars » fit le vieux mendiant en fourrant déjà son billet neuf dans une ouverture de sa loque. « Ok, cela est très largement suffisant pour vous pour la journée. Je garde celui-ci de côté et je vous retrouve demain. Déguerpissez maintenant ! Ok ? » déclama le policier en s'éloignant laissant tout le monde confus sauf les deux gueux qui semblaient avoir bien compris le policier et s'accommodèrent bien de cette issue.

N'en voulant plus savoir du reste, Paris se précipita vers la première allée qui s'offrit face à elle pour échapper aux curieux qui s'agglutinaient vers elle. Après quelques pas et slaloms agiles, elle s'extirpa de la foule et tout se décanta aussitôt autour d'elle quand elle atteignit l'allée. Dans cette galerie, à son bonheur, le tumulte s'estompa ; elle souffla. Elle prêta attention et se rendit compte qu'elle était sur le quai de trains portant l'inscription Metro-North. Il n'y avait de présence sur ce quai que de rares agents d'entretien et d'autres services techniques qui étaient aux manœuvres des préparatifs de la prochaine ruée et départ. Elle évita de demander le chemin toujours par crainte de se faire remarquer. Elle chercha un panneau de direction et vit sans difficulté une plaque un peu loin qui indiquait une sortie ''Exit'' dans le sens opposé d'où elle venait. Elle suivit cette direction.

En moins de cinq minutes, elle se retrouva au bout du quai où un court escalier descendant conduisait dehors. Une fois hors de la galerie et du quai, elle découvrit qu'elle n'était pas encore au bout de ses peines. La sortie du quai débouchait sur les couloirs astiqués d'un autre immeuble. Elle était toujours sous terre, la rue était encore plus loin. Elle tourna à gauche, suivant au hasard le flux des passants qui semblaient aller vers une sortie. Le couloir très nickel aux murs marbrés est fait d'une voûte plutôt basse. Quelques œuvres d'art assez originales incrustées aux murs distrayaient les regards des passants, les libérant ainsi de l'étouffement instinctif ressenti dans ce long et bas tunnel cubique.

Elle passa l'unique stand mercantile de l'endroit, une sophistiquée estrade de cireurs de chaussures, et tourna à droite au bout du long couloir; un seul escalier roulant vers le haut et très élevé s'offrit face à elle. Elle l'emprunta sans hésiter, se laissa transporter et se retrouva enfin à l'extérieur dans la rue. L'air extérieur plus léger et frais chassa quelque peu la morosité qui l'enveloppait sous terre.

Elle inhala une pleine bouffée d'air. Mais le soupir fut bref car, à la seconde, son regard troubla. Elle était complètement désorientée voire un tout petit peu dépaysée. Ce qu'elle voyait à l'autre côté de la rue la fit tourner dans tous les sens. Elle voyait flotter royalement au vent un grand drapeau vif en trois bandes horizontales : rouge, jaune et vert avec une étoile noire sertie au milieu. Cela rappelle fortement l'Afrique, le Ghana, un pays lointain sur un autre continent. Elle regarda dans le sens opposé et vit, un peu loin, un autre drapeau aussi grand flotter au vent ; celui-là était américain, le dépaysement disparut en elle, mais la désorientation demeurait.

Elle jeta un coup d'œil à la plaque indicatrice de rue. Elle se trouvait sur la 47e Rue au coin de Madison Avenue, bien loin du point de stationnement de la limousine au

Vanderbilt Avenue. Elle broya une goulée d'amertume et pensa à appeler la conciergerie de la résidence pour qu'on lui donnât le numéro de téléphone du chauffeur. Elle n'avait pas eu la présence d'esprit d'obtenir le numéro avant de descendre de la limousine. Mais elle trouva un peu embarrassant d'appeler la conciergerie pour cela. Elle retourna décisivement sur ses pas vers les souterrains, descendant l'escalier fixe apposé à l'escalier roulant. Elle retournait vers les sous-sols dans l'intention d'y trouver une porte qui s'ouvrirait sur Vanderbilt Avenue là où la limousine était stationnée.

Elle marchait moins vite et faisait attention aux indications de direction dans le labyrinthe. Revenue sur le quai du Metro-North elle s'accorda le loisir momentané de promener ses yeux sur les formes et les dimensions qui l'entouraient. C'est alors qu'elle fut frappée, littéralement absorbée et intimidée par la robustesse et la froideur des piliers et bras de murs épais et géants au superlatif qui soutenaient la voûte très dégagée du quai. Des canalisations de rails, elle n'en pouvait compter le nombre, il y en avait tant. Le ciment est presque la seule couleur qui règne. Ici, le beau architectural est absent ; la dominance est laissée à la froide barbarie de l'ingénierie et à la puissance des structures mécaniques.

Des locomotives modernes toutes géantes laissent voir à leurs bases des entrailles et boyaux ultra-complexes faits d'acier et autres matières compactes. Des wagons, aux extérieurs fades, n'ont de vivant et d'attrayant que le cuire luisant qui tapisse les confortables sièges intérieurs visibles de l'extérieur à travers des vitres toutes limpides. Ces *serpents d'acier*, comme on les fait nommer par les natifs Peaux-rouges, sont de vrais monstres, maîtres de la puissance et de la vitesse.

Paris était presqu'à mi-chemin sur le quai quand son hébétude face à l'éminente ingénierie des lieux fut coupée par une scène en avant. Elle vit un peu loin, venant vers elle, une cohorte de gens presque tous munis d'appareils photos ou de smart phones prêts à *flinguer* toute image intéressante. Elle ne put se dire si c'étaient des touristes ou des photographes reporters de presse. Mais ils apparaissaient tous embarqués dans une décisive aventure de chasse aux images. Elle ne voulut pas tenter la chance de passer inaperçue près de cette bande affamée d'images. Alors elle trouva intelligent de se glisser dans le compartiment tout proche d'un train stationnaire qui accueillait quelques passagers parsemés en attente de partance. Elle comptait s'y réfugier juste pour la minute que la cohorte passât.

Elle s'y glissa. Hélas, plus grand mal lui en prit ; le train, soudain, annonça le départ. Les portes automatiques fermèrent à la seconde. Prise au dépourvu elle fut faite prisonnière. Elle maudit le sort et toute sa personne grilla de l'intérieur sous une colère impétueuse qui fit grésiller ses mains et trembler ses jambes. Au bord de l'explosion, elle comprima dans la gorge un cri de rage qui secouait et choquait sa poitrine comme un volcan palpitant. Ses yeux s'embuèrent de larme. Elle n'avait aucune idée d'où se rendait ce train rapide qui l'emportait et elle se culpabilisa à mort. L'anxiété et la colère confluèrent en elle et firent gicler une sueur ardente sous ses vêtements fins ; elle mouillait de transpiration.

En moins de cinq minutes, un agent en uniforme entra dans le compartiment pour les contrôles de tickets. Quand il fut à son niveau, elle évita de le regarder en face et sortit un billet flambant de cent dollars qu'elle lui tendit. Il le prit et lui rendit un ticket et le reliquat. Elle ne se donna pas la peine de compter le reliquat et fourra le tout dans son portefeuille. Elle ressortit le ticket et lut les destinations : Yonkers, Poughkeepsie, Croton-Harmon et autres noms étranges encore. Ces noms de lieux lui étaient si inconnus ; ils n'avaient rien à voir avec des noms de lieux qu'elle avait l'habitude de lire sur les cartes de la ville de New York.

Elle se rendit compte qu'elle s'était embarquée par mégarde sur un train qui l'emmenait loin hors de la ville de New York en des lieux dont elle n'avait jamais entendu parler. Malgré la colère et l'inquiétude, elle se força au calme. Dès que le contrôleur de ticket revint à son niveau, elle prit tout son courage et lui demanda quel est le prochain arrêt. L'autre répondit comme un automate « Prochain et premier arrêt dans cinq minutes sur la Rue 125 ». Elle le remercia bien qu'elle n'avait aucune idée de la Rue 125.

L'arrêt annoncé vint plutôt vite, elle se précipita hors du train et se retrouva toute en hauteur, en l'air, car la station est plutôt une plateforme surélevée au-dessus d'un boulevard très animé. Elle descendit par un ascenseur. Au sol, elle lut sur la plaque indicatrice de rue '' *125th Street, Dr Martin Luther King Boulevard* ''. Une rue très vivante, très contrastée avec ce qu'elle voyait d'habitude dans son quartier du Uper East Side.

De ce côté de la ville grandiose, il y a un accent tropical dans les manières. L'air y est épicé ; de la musique soul emplit les ondes ; les accoutrements sont amples à volonté et il y a du coloriage dans les étoffes. Les tissus imprimés d'Afrique, les encens exotiques du Moyen-Orient, les motifs artistiques des Caraïbes côtoient les chapeaux fantaisistes de la Nouvelle-Orléans en plus de quelques tonalités du Tennessee, des gestuels de l'Underground et du Hip-Hop. Paris baignait dans une bigarrure foisonnante et excitante.

Mais son humeur mise en berne à cause de la disparition du chien choyé ne put s'ouvrir entièrement et savourer cette floraison de vie. Un peu crispée elle cherchait de vue un taxi. Un taxi jaune apparut, mais au même moment, son attention s'accrocha à un chien tout blanc à l'autre côté de la voie. Son cœur battit la chamade. Une femme âgée et élégante baladait le chien blanc qui portait des lunettes, une chemisette et des chaussures.

Paris fixa le chien tout le moment que la femme traversait la chaussée au niveau du passage clouté en sa direction. Elle reconnut que ce n'était qu'une ressemblance. Le chien-ci était plus petit que le sien et sa blancheur était moins éclatante, mais sa beauté était aussi remarquable. Elle ne put s'empêcher de regarder le chien avec obstination et nostalgie.

La vieille femme remarqua son regard fixe et demanda :

« Aimez-vous mon chien ?

- Oui, il est beau. Tout beau comme le mien que j'ai perdu.

- Ooh ! toutes mes condoléances ! Était-il vieux ou malade ?

- Non il a disparu depuis cette nuit.

- Hun ? disparu ? Ici à Harlem ? Ooh c'est bizarre ! Harlem est un très bon coin pour les chiens. Tu le retrouveras, n'importe qui le rencontrera ici te le rendra. Bonne chance. Oui tu le retrouveras au nom de Dieu !

- Merci, merci… » s'épancha Paris toute émue, se rendant compte en même temps avec un peu d'appréhension qu'elle était en plein cœur de Harlem ; Harlem le réputé quartier dramatique. La gaieté de vie qu'elle y constatait en ce moment contrastait avec la renommée sulfureuse mémorable du quartier, le paradoxe la laissa divisée en elle-même. Elle n'était pas en présence du Harlem des films et articles de journaux.

La vieille femme toute compatissante se retarda volontiers et resta un bout de temps près d'elle comme pour lui tenir compagnie et partager sa douleur. Elle laissa son chien renifler longuement les jambes et les doigts exquis de Paris puis elle la réassura de nouveau :

« Tu retrouveras ton chien, je le crois au nom du Seigneur. Ton chien chéri s'appelle comment déjà?

-Trouble, il s'appelle Trouble, maman ; répondit Paris attendrie par l'attention affective de la dame en réalisant en même temps qu'elle risquait, en dévoilant le nom du chien, d'attirer l'attention sur sa propre identité qu'elle cherchait à cacher.

- Un nom de caractère fort ! Apprécia la dame et ajouta, la mienne, ils l'appellent tous ici ' *The Queen of Harlem* ' à cause de sa coquetterie et de sa popularité. Je l'emmène presque partout où je vais. Ah, ce sont toujours de bons compagnons. Bonne journée à toi mademoiselle, au revoir et que Dieu te bénisse ! » Elle s'en alla pieusement son chemin.

Paris eut voulu rester plus longtemps dans les parages pour découvrir davantage le pittoresque quartier dans sa particularité et dans ses nuances. Mais l'urgence l'appelait et le poussait à aller rechercher Trouble, le chien sacré. Elle leva et garda son bras droit en l'air en signe de sollicitation pour les taxis. Elle fut frôlée de derrière par un passant. Elle tourna la tête vers là ; l'autre qui l'a déjà dépassée de quelques pas tourna aussi la tête vers elle et fit un signe courtois de main en guise d'excuse. Paris retourna la politesse « Ça va, pas de problème ». Mais l'autre ne continua pas sa marche, il s'immobilisa net tandis que son compagnon s'éloignait. Il s'exclama à voix bien audible à l'endroit de son second :

« Hé hé mon gars, regarde cette blanche gazelle. Elle a un minois d'enfer ! Mon dieu…

-Aaah ouais, je ne peux te contredire, elle est *superrrbe* ! Répondit l'autre qui s'était retourné pour zyeuter goulument Paris.

- Nom de Dieu ! Elle serait une belle compagnie sûre et remarquable ce soir au spectacle du *Amateur Night* à Appolo Theater.

- T'as vu juste. Mais, tu le sais bien, l'adage dit *No money, no honey - Pas d'argent, pas de miel.* Allons, viens donc, allons finir rapidement ce boulot » conseilla l'autre en tirant sur la manche de son ami charmé.

Ils s'éloignèrent en pressant le pas dans leur gaie démarche stylisée d'un balancement rythmé des pas, du buste et des bras ; une démarche qui exhibe tout un art, un goût distinctif qui vient de la renaissance culturelle noire en Amérique du Nord. Un taxi jaune s'arrêta à la hauteur de Paris la seconde suivante. Elle s'y installa, et dicta l'adresse de la résidence au chauffeur avant qu'il ne l'eut demandé.

Elle s'affaissa contre le siège mou pour se relaxer. Le taxi jaune accéléra promptement, le chauffeur mit le compteur en marche et s'éloigna de la voie surplombée par les rails aériens. Paris lut les plaques indicatrices de rue et sut qu'elle venait de quitter l'intersection du Boulevard Martin Luther King-Rue 125, et de Park Avenue. Le taxi alla chercher rapidement la 5ᵉ Avenue, s'y engagea en tournant à gauche, ralentit puis embraya à droite, à gauche et à gauche, en contournant longuement le Marcus Garvey Park bordé de belles villas classiques *Brown Stone* - magnifiques maisons en grès brun - retrouva la 5ᵉ Avenue qu'il pénétra sèchement en donnant une droite habile et fonça en direction sud vers Central Park.

Méprise à La Fiesta

Le taxi roulait á une vitesse constante quand Paris surprit deux jeunes gens, une fille et un garçon, avec un chien brun et un chien blanc parfait dans une rue adjacente. Elle demanda immédiatement au chauffeur de s'arrêter et faire un demi-tour. Le chauffeur ralentit et immobilisa le véhicule quelques dizaines de mètres après et fit savoir à Paris qu'il ne pouvait pas faire demi-tour car la voie est à sens unique. Ils étaient sur la 5e Avenue au coin de la 111ᵉ Rue.

Paris sortit du véhicule sans tarder et pria le chauffeur de l'attendre une minute. Ce dernier lui fit entendre que le temps comptait. Elle le rassura qu'elle payerait pour le temps qu'il aurait perdu. Le chauffeur fit grise mine, sortit et contourna hâtivement le véhicule pour aller la confronter et se faire payer sur le champ pour partir. Sans hésiter, Paris sortit un billet flambant de cent dollars et le lui tendit.

« - Voici ton argent. Si tu m'attends, je te donne plus !

- Vous me devez douze dollars, je n'ai pas de monnaie pour un billet de cent dollars, reprit le chauffeur hésitant à prendre le billet.

- Prenez-le, tout est à vous. Je n'ai pas besoins de monnaie. Et si vous voulez bien venir avec moi tout de suite je vous en donne encore plus. Je viens d'apercevoir des gens avec un chien qui peut être mon chien que je cherche depuis ce matin. C'est un chien blanc. Si vous pouviez m'aider tout de suite à voir cela de près, je vous paye plus d'argent.

- Vous êtes sérieuse ? fit le chauffeur, incrédule bouche bée ».

Son visage froissé et assombri à l'instant par le mécontentement se détendit soudain en un tableau doux et clair surligné d'un large sourire débonnaire illuminant.

Paris ne répondit pas à son interrogation qui, pour elle, semblait futile. Elle laissa le billet sur le capot arrière du taxi et partit. Elle courut vers la 112e Rue à la poursuite des deux jeunes gens. Le chauffeur bondit et s'empara du billet neuf de cent dollars qui était sur le point d'être soufflé par le vent. Il retourna vite aligner son véhicule, en ressortit promptement et suivit Paris au moment où celle-ci brûlait d'impatience et traversa dangereusement la chaussée sans attendre le signal du feu de passage piéton. Une distance de plus de cinquante mètre séparait le chauffeur de Paris. Elle tourna à droite en s'engageant sur la 112e Rue. Elle courrait.

Elle distingua au loin à l'autre intersection les silhouettes des deux jeunes gens qui traversaient l'autre voie. Elle accéléra sa course. Des passants étonnés se retournaient dans son sillage. Mais elle n'en avait cure et frôlait, voire bousculait, ceux qui ne faisaient pas attention à elle.

Elle arriva exténuée au carrefour suivant, Madison Avenue et la 112e Rue. Une sonorité latine se diffusait dans l'air à cet endroit. Elle perdit de vue les deux jeunes car un attroupement qui se trouvait devant elle, d'où provenait le son de musique, à l'autre côté de la rue sur le trottoir avait happé les deux jeunes gens avec les chiens. Elle paniqua car son effort allait être vain. Elle traversa encore dangereusement la chaussée de Madison Avenue obligeant un automobiliste à freiner brutalement et balancer le volant pour l'éviter. Dans son élan pour vite sortir de la chaussée et échapper à l'automobile, elle buta gravement contre la bordure du trottoir et chancela fatalement.

Malgré le grand effort qu'elle fit pour s'accrocher au large réceptacle public d'ordure installé au coin de la rue, elle finit étalée sur le trottoir de tout son long à plat ventre. Elle ralla. Elle et la grosse boîte d'ordure qu'elle entraîna dans sa chute étaient toutes à terre. Les détritus éparpillés tout autour d'elle : des peaux de bananes et des papiers mouchoir, des bouteilles et sacs plastiques faisaient son lit sur le dur ciment surchauffé par le soleil d'été ardent. Sa fragrance Versace souffra contre l'offensive des odeurs nauséabondes des détritus épars.

Une clameur vive s'éleva des témoins dans la rue. Elle était très mal-en-point, mais un courage absolu la fit faire une tentative extrême de se relever rapidement pour montrer un peu de dignité. Elle peina cependant à mi-chemin dans son redressement et une jeune femme l'approcha sans hésiter et lui donna la main pour lui servir d'appui pour se relever. Le chauffeur arriva à sa hauteur en ce moment et la consola tout en lui remettant son sac Armani qu'elle avait lâché pendant son écroulement cruel. Elle émit un juron exécrable, tremblait un peu, mais ne perdit pas le temps pour regarder dans la direction où s'étaient dirigées les deux personnes avec les deux chiens. Elle remercia profusément celle qui l'avait aidée à se relever, secoua un peu dédaigneusement ses vêtements pour les libérer de quelques détritus puis elle partit tout de suite vers l'attroupement où avaient disparu ceux qu'elle poursuivait.

Le chauffeur tarda cependant à reprendre la course derrière Paris car ses yeux ne pouvaient pas se détacher de la jeune femme qui aida Paris à se relever du sol. Il se retournait et regardait sans discrétion aucune le postérieur plastique de la demoiselle dont la mini-culotte blue-jeans délavé et moulant très échancrée en bas laissait voir une bonne portion de chair fraîche et bombée de la base de ses fesses moelleuses. C'était une métisse héritière de tout ce qu'il y a de beau dans la combinaison naturelle des traits noir et blanc.

En ce début d'été, les hommes peu sophistiqués sont souvent distraits dans les rues par ces aisances d'exhibition corporelle féminine hypnotisant dont savent faire usage avec art et malice les citadines branchées de la grande métropole. Le chauffeur, moralement impuissant, bafouilla quelques paroles indéchiffrables à l'endroit de la jeune femme fatale - qui l'ignorait superbement - avant de se résigner à quitter des yeux les fesses ensorceleuses pour reprendre la poursuite après Paris tout en se léchant les babines et massant grossièrement son entrejambe qui avait pris instantanément du volume. C'était un gros mâle facilement mis à mal et torturé par une petite fesse innocente.

Paris traversa les premiers amas de l'attroupement compacte. Certains participants étaient assis sur des chaises pliables rangées à l'extrémité du trottoir et contre la grille de clôture de ce qui semblait être un jardin potager ; d'autres étaient debout. Presque tous grignotaient quelques mets ou se désaltéraient et semblaient tous profondément imbibés de la musique trépidante qui fusait de deux amplificateurs puissants montés sur des trépieds. La sonorité était du Bachata ou du Merengue, bonne musique d'ambiance latino venue de la République Dominicaine. Les oreilles de Paris saisissaient quelques bribes des conversations très animées en Espagnole dans la foule. L'attroupement était en fait un méga barbecue.

Une dame mûre qui avait sans doute remarqué de loin la scène de chute de Paris l'approcha en marquant des pas de danse et lui demanda en Anglais « *Are you ok* ?». Paris ne saisit pas la phrase car la voix fine de la femme était dominée par le décibel de la musique. Paris rapprocha son oreille de la bouche de la dame et celle-ci répéta sa phrase. Paris acquiesça. La femme lui montra du doigt ce qu'elle avait dans son plat et lui doigta ensuite l'intérieur du jardin. Paris lui demanda « Quoi ? », elle répondit « Nourriture ! bonne nourriture ! banane plantain et épinard, du porc rôti et du vin, du haricot, de l'*alcapurrias* et du *bacalao*, de la bonne nourriture ! vas-y ». Paris confuse et un peu irritée lui cria à l'oreille :

« - Un chien ! je cherche un chien !

- Non ce n'est pas avec la viande de chien, c'est du porc, du bon porc ; très délicieux, vas-y, vas te servir, répondit la femme.

- Je sais que tu manges du porc, mais moi je cherche mon chien. Avez-vous vu deux jeunes gens avec deux chiens passer par ici ? martela Paris.

- Ah, je comprends, fit la dame en promenant les yeux ». Elle toucha avec le dos de la main son foulard blancs noué à la tête ; et à son cou pendait un collier de perles et de cauris retenant une croix chrétienne. Elle est sans doute une adepte de la foi Santeria afrolatine. Elle alla parler en espagnole à un homme assis. L'homme se leva et vint vers Paris. C'était un homme dans le troisième âge et débonnaire qui tenait dans les mains deux courtes tiges de bois ouvré qu'il cognait l'une contre l'autre dans une rythmique d'accompagnement à la musique ambiante. Il avait un chapeau de paille et une chemise imprimée en colorie florale. Il fit signe à Paris de le suivre. Il se dirigeait vers l'intérieur du jardin où des gens étaient en queue et se servaient à un buffet sous un petit hangar. Le hangar avait à son fronton l'inscription 'Villa Santurce' et des drapeaux puertoricains, dominicains et américains de diverses dimensions y étaient accrochées. Paris le suivit. Ils traversèrent la foule et l'homme au visage aimable lui montra l'espace arrière du jardin, tous les autres recoins, la grande parcelle vague voisine qui sert de terrain de jeu de baseball, et lui expliqua qu'il n'y avait pas de chiens en compagnie de deux jeunes gens par là. Il lui fit comprendre finalement :

« - Nous célébrons ici la *Fiesta en el Barrio*. C'est le quartier du Spanish Harlem (El Barrio). Et chaque dimanche d'été nous nous retrouvons entre voisins et amis dans ce jardin pour une petite fête. Tu es la bienvenue. Tu peux te servir à volonté !

- Merci beaucoup, mais je ne peux pas attendre. Peut-être une prochaine fois. »

Elle s'éloigna du bon monsieur et partit vers la sortie du jardin. Au passage, un jeune homme très gai tentait de l'inviter à quelques pas de danse. Elle l'esquiva. Elle chercha des yeux le chauffeur. Elle le vit à quelques pas à l'entrée du jardin en train de dégoupiller une canette de coca-cola tout en mâchant goulûment quelque chose, sûrement un bon morceau de porc rôti.

Elle l'interpella, il ne la remarqua pas ; car son attention était plutôt amoindrie par la succulence de ce qu'il mâchait et captivée par le liquide marron et magique, bien froid et pétillant, qu'il était sur le point d'ingurgiter. Quand Paris fut sur le point de sortir du jardin, la dame mûre de tout à l'heure revint et lui montra de l'index en direction du grand pont de métro surélevé le long de Park Avenue attenant au jardin. Sous le pont, un peu loin, on pouvait voir deux jeunes gens en train de causer et qui avaient deux chiens avec eux. Paris alla taper sur l'épaule du chauffeur et lui pointa l'espace sous le pont du métro aérien. Ce dernier sursauta et sans tarder bouscula quelques personnes, détala puis traversa la rue. Paris le suivit, mais il s'éloigna d'elle d'une bonne distance car elle était déjà essoufflée.

Il rattrapa les deux jeunes gens ; c'étaient des adolescents entre quatorze et seize ans. Il les apostropha et se saisit sèchement de la laisse du chien blanc que tenait le garçon. Le garçon riposta vivement. Il menaça le garçon d'un poing. La fille s'écarta et cria au secours puis sortit son téléphone. Le garçon s'agita et alla trouver une vieille chaise laissée pour déchet à collecter par les services sanitaires et la balança violemment contre le chauffeur. Le chauffeur esquiva et la chaise manqua de peu sa tête. Paris, arrivée sur les lieux cria :

« - Non ! arrêtez !. mais qu'est ce que vous faites monsieur ?

- Mais c'est votre chien, fit le chauffeur.

- Non ! ce n'est pas mon chien, rectifia Paris d'un ton sec.

- Mais, vous m'aviez dit que le chien blanc était votre chien ! fit le chauffeur grimaçant.

- Non ! je vous ai dit que c'est peut-être mon chien, et que je voulais vérifier. Je ne vous ai pas dit d'aller vous en emparer. Lâchez vite ce chien s'il vous plait ! fit Paris. »

Le chauffeur laissa immédiatement tomber au sol la laisse du chien au moment où le jeune homme lança vigoureusement dans sa direction une bouteille en verre qu'il venait d'extraire d'un réceptacle d'ordure tout proche. Le chauffeur évita encore de justesse le projectile. La bouteille volante manqua ensuite de peu un véhicule qui passait sur la voie parallèle au pont puis alla heurter dans un impact explosif la vitre d'une autre voiture stationnée contre le trottoir. Une grêle d'éclats de verre jaillit dans les airs puis revint pleuvoir sur la chaussée dans un cliquetis aigu. Une alarme de sécurité se déclencha de la voiture impactée. Le son fut strident en quelques secondes puis fut noyé dans le grondement assourdissant d'un train qui vint rouler sur le pont en ce moment précis. Tous quatre furent abasourdis.

Paris, très navrée et vivement secouée face à la colère violente du jeune homme, tremblait et eut peur de l'approcher pour dire quoique ce soit. Le chien glapit un peu et retourna auprès du jeune homme qui le reprit et le caressa pour le calmer. La jeune fille hurlait des insultes à l'endroit du chauffeur impertinent. Le grondement du train s'éloigna et l'alarme stridente de la voiture *caillassée* émergea de plus belle. Une fenêtre s'ouvrit vers le quinzième niveau d'un des grands immeubles d'appartements sociaux attenants à la rue. Quatre yeux hagards y apparurent et observaient la scène de violence.

En moins de deux minutes une dame d'apparence athlétique accourut sur les lieux. Elle provenait du jardin où se déroulait la *Fiesta en el Barrio*. Elle dépassa le quarteron querelleux et alla directement à la voiture endommagée. Elle constata le dégât et revint vers le groupe.

« - Qui a brisé la vitre de ma voiture ? questionna-t-elle d'un ton impérieux.

- S'il vous plait madame, je suis responsable. Et je prends en charge la réparation de votre voiture, déclara Paris courtoisement tandis que les trois autres s'étaient tus.

- Mais c'est un acte de délinquance ! fit la dame.

- Non, madame c'est juste un accident, un incident involontaire. Ne melons pas la police à ceci, s'il vous plait. Je vous en prie, je vous assure que nous pouvons régler ceci à l'amiable.

- Je suis de la police moi-même ! revendiqua la dame affichant une certaine assurance.

- Oh, pardon. Je vais vous régler tout le dommage, Madame.

- Ça coûte un peu cher la vitre de cette voiture. C'est un Camaro cinquième génération. La vitre coûte des centaines de dollars !

- Madame, je peux payer tout cela. Tout de suite. Euh… si vous avez un compte Paypal je vous avance mille dollars sur le compte pour couvrir le dégât et les autres besoins nécessaires pour la réparation. »

La dame fit une pause, fixa longuement Paris dans le visage et déclara :

« - Vous ressemblez à quelqu'une que je dois connaître ; je ne sais plus exactement qui, mais c'est un visage un peu familier.

- Ne vous en occupez pas trop madame. Est-ce que vous acceptez ma demande ? Je vous en prie. »

Pendant tout ce temps, le bruit strident de l'alarme sonnait. La dame retourna à la voiture, coupa l'alarme et revint avec des papiers. Elle plongea la main sous le décolleté de son débardeur gris et en extirpa un badge de police qu'elle exhiba à Paris. Paris consulta l'insigne.

« Un règlement à l'amiable n'est pas exclu. Mais expliquez-moi d'abord comment la voiture a été endom-magée » exigea la policière.

Paris expliqua brièvement les faits à la policière non en service. La policière dévisagea le chauffeur qui approuva la narration de Paris. Le jeune garçon, haletant, confirma aussi les propos de Paris et s'excusa auprès de la policière. La jeune fille se mit en biais entre la policière et le jeune homme comme pour le protéger de cette dernière.

Juste en ce moment, trois gaillards dont l'un avait le buste découvert exposant un abdomen en six plaques symétriques de muscles durs et une poitrine *kilimanjaresque* pénétrèrent sous le pont. Le malabar sans chemise avait dans ses mains une batte de baseball qu'il tripotait nerveusement, prêt à en faire usage sur un crâne quelconque coupable d'affront envers ses protégés. La dame sortit son badge en éclair, l'exhiba puis avertit :

« Police ! pouvez-vous dégonfler et vous retirer d'ici, s'il vous plait ? »

Sa main droite tâta instinctivement une boursouflure au niveau de sa hanche sous le débardeur. Une arme à feu sans doute. Paris faillit s'évanouir en ce moment. L'un des trois assaillants émit à voix basse « *Shiiit ! chill yo !* » et tous trois rompirent, firent des pas à reculons et se retirèrent un peu loin contre la grille de clôture des immeubles sociaux. La policière demanda à la jeune fille :

« - Les connaissez-vous ?

- Oui, ce sont nos grands frères du quartier, répondit la fille.

- Vous les avez appelés. N'est-ce pas ?

- Oui, répondit la fille.

- Ok. Maintenant vous n'avez plus de quoi vous plaindre ; vous pouvez partir avec eux. Prochainement pensez à appeler la police au lieu de vos grands frères. Compris ? »

Ils s'en allèrent, soulagés, rejoindre les grands frères du quartier en traînant les pas. La policière annonça ensuite à Paris qu'elle lui accordait le règlement à l'amiable. Elle sortit de la poche de son pantalon kaki beige son téléphone portable qu'elle activa puis dicta à Paris les coordonnées de son compte Paypal. Paris utilisa son Ipad pour exécuter la transaction. La policière vérifia sur le champ avec son portable, les mille dollars se trouvaient déjà sur son compte Paypal. Elle fit un geste approbateur de la tête et déclara :

« - C'est correct. Je ferai les réparations de la voiture et s'il reste un reliquat sur les mille dollars, je vous les retournerai sur votre compte Paypal. Au cas contraire je vous ferai savoir les dépenses supplémentaires. Donc il me faut un contact et une adresse dans ce cas.

- Madame, en cas de reliquat ne vous gênez pas pour me les envoyer. Cependant je vais vous donner mes contacts ici à New York. Ma tante viendra vous voir pour la suite au besoin. Je dois retourner en Californie demain soir. Mais vous n'avez pas d'inquiétude à avoir. Croyez-moi sur parole.

- J'ose vous croire, Mademoiselle. Votre nom est donc Paris ?

- C'est ça mon nom. Pas commun ! oui.

- Oui, pas commun mais joli. Moi, je m'appelle Selena Hernandez. Je vous contacterai sous peu. »

Apparurent alors deux policiers en uniforme marchant aux pas pressés côte à côte pour investir les lieux. Selena se présenta, leur expliqua la situation et les rassura que tout était résolu et en ordre. Ils complimentèrent et se retirèrent tranquillement, continuant leur patrouille dans le quartier. Paris échangea ses contacts avec la policière en bigarré qui partit ensuite s'occuper de sa voiture. Et elle lâcha haut lorsqu'elle démarra la voiture :

-Vous m'avez fait quitter la *Fiesta en el Barrio*, mais ça va. Soyez prudents !

- Merci, répondit Paris à la policière qui s'éloignait déjà, sûrement vers un garage pour réparer son auto de luxe, laissant Paris et le chauffeur seuls sous le pont.

« - Pourquoi lui avez-vous donné mille dollars ? c'est trop ! cette vitre ne coûtera même pas quatre cent dollars de réparation, fit remarquer le chauffeur à Paris.

- Ce n'est pas votre problème ! rétorqua-t-elle.

- D'ailleurs c'est une homo, une lesbienne, renchérit l'autre.

- Et alors ?

- Je n'aime pas les homos !

- Vous êtes donc raciste, sexiste et homophobe ?

- Non. C'est seulement les homos que je n'aime pas. D'ailleurs dans mon pays d'origine nous les persécutons.

- De quel pays venez-vous ? Vous et votre pays, vous êtes en retard, très à l'écart des changements modernes des mentalités sociales et des droits civils. Je vous conseille d'aller bien vous instruire. Bye ! »

Paris héla immédiatement un taxi qui passait juste à par-là et s'y engouffra. Le chauffeur impertinent resté sur le trottoir cria :

- Hey ! bye comment ? et mon argent ?

Il courut grotesquement une bonne distance derrière le véhicule qui décampait.

- Quel argent ? lui vociféra Paris. Vous m'avez créé des ennuis au lieu de m'aider. Contentez-vous des cent dollars !

Le véhicule s'éloigna tandis que le chauffeur impertinent désarçonné et haletant sur le trottoir fit un doigt d'insulte en direction de Paris et donna un coup de pied violent dans une canette de soda qui traînait par terre. Le véhicule longea Park Avenue dans le sens sud emmenant Paris vers la résidence.

L'Étalon Noir

Le trajet ne fut pas long, à peine dix minutes pour parcourir les trois kilomètres qui séparent les deux lieux urbains si contrastés en styles de vie. L'un discret, rigoriste et méditatif ; l'autre populeux, relaxé et vivace. Dès son entrée à la résidence au coin de la 72e Rue sur la 5e Avenue Paris ordonna aux concierges d'appeler le chauffeur de la limousine et de l'instruire de rentrer sans elle. Elle demanda ensuite qu'on lui appelât un service de lavage à sec, puis elle monta dans son appartement. Il était midi déjà.

Elle s'assied d'abord sur le canapé, perdue dans les pensées et habitée par l'angoisse de ne plus retrouver Trouble. Elle se leva du canapé et se dirigea vers la chambre principale. Mais, au seuil de la chambre, elle retourna et alla vers la fenêtre. Elle y écarta le rideau, regarda du côté opposé fixement. Il n'y avait plus de présence humaine visible, le rideau sombre de la fenêtre où se trouvait le 'voyeur' cc matin était tiré. Elle eut un soulagement et retourna à la chambre.

Elle tira péniblement le battant coulissant de l'armoire géante de près de deux mètres cinquante de haut sur deux de large. Partiellement incorporé au mur, c'est un meuble spectaculaire en bois massif richement orné de motifs floraux sculptés dans les larges panneaux des lourds battants. Le battant pesant s'ouvrit lentement sans aucun bruit ; les roues et les rails étaient bien huilés.

Dans l'armoire gigantesque, une rangée multiforme et multicolore de vêtements se découvrit et la fragrance mixte, tout à fait musquée qui en émana soudain, pénétra furtivement ses fines narines et envahit instantanément et profondément toute son intimité. L'effet enivrant, capiteux, combiné des couleurs gaies et de la senteur agréable égailla un tant soit peu son humeur morose et mit en alerte ses réflexes féminins de coquetterie et de chichi.

Ses yeux s'écarquillèrent pour mieux distinguer les pièces valeureuses accrochées aux portemanteaux alignés en deux rangés. Mais ses yeux tardaient à s'accommoder à la presque pénombre intérieure de l'armoire ; elle passa alors sa main droite sur la paroi gauche du meuble. Une lumière blanche éclatante fit jour dans le vaste mobilier et mit en exergue les nuances de couleurs et les différences de textures de chacune des étoffes.

Aucun des portemanteaux, innombrables à vue d'œil, n'y était laissé libre. Elle passa délicatement et lentement sa main gauche sur la rangée basse comme pour sentir l'effet tactile de la trame de chaque tissu. De la rangée haute à la rangée basse les habits étaient regroupés par saison. De l'été à l'hiver, toutes les sortes de matières depuis la laine au lin en passant par la fourrure, le cuir, le coton, le satin, le velours, le jersey, la crêpe, la soie, le cachemire s'y trouvaient collectionnées. Bien que cet appartement ne fût pour elle qu'une résidence secondaire pour des séjours temporaires à New York, elle l'avait pourvu de tous les biens conforts imaginables dignes de son rang prestigieux de consommateur de luxe.

Elle recula de deux pas, regarda d'un œil critique et rapide cette diversité riche offerte à son choix et se rapprocha de nouveau puis enleva deux pièces assorties dans le lot. Elle alla près du lit et y étala les vêtements dans toutes leurs ampleurs. Le drap blanc immaculé assortissait mieux encore les accents des deux vêtements. L'un était une jupe rose orangée très gracieuse provenant des ateliers du couturier Proenza, taillée dans de la soie. L'autre était un tailleur classique bleu minuit.

Le lit ample, visiblement proportionné à la taille de la chambre, était menuisé en bois pesant et logeait un matelas Tempur-Pedic superbe, plein et consistant. Les oreillers spongieux et gonflés de duvets se détachaient graphiquement du drap blanc par leur couleur bleu azur garnie de motifs en fleurs et papillons brodés avec du fil d'argent étincelant.

La chambre est un spacieux carré au-delà de sept mètres de côté surmonté d'un plafond majestueusement dégagé à plus de cinq mètres du plancher et dessiné dans du plâtre crémé et parsemé de larges pétales en bas reliefs tandis que son milieu reçoit, suspendu, un chandelier captivant à cinq lampes fixées dans des globes fuselées manufacturées dans du verre dense légèrement fumé et monté sur des bras stylisés en arcs brossés de chrome fini.

La moquette en mosaïques circulaires grises et vermeilles apporte une touche romanesque à la vaste pièce et oppose un amortissement spongieux à la planche des pieds. Paris s'assied sur le lit et contempla dubitativement les habits choisis. Le téléphone fixe sonna en ce moment. Elle décrocha promptement le combiné rose posé sur le guéridon près du lit. Le concierge était au bout du fil et lui annonça l'arrivée du coursier de l'atelier de lavage à sec.

Elle prit les habits, les posa délicatement sur son avant-bras gauche et descendit. À sa sortie de l'ascenseur, elle vit deux hommes à part les deux concierges. Elle se demanda lequel des deux était l'agent de lavage. Mais l'un des deux gars était un peu en retrait par rapport aux concierges et semblait plus décontracté. Elle alla d'un pas rapide vers le concierge qui l'avait accompagné dehors le matin et lui adressa un « hello ».

En ce moment le jeune homme proche des concierges s'avança et lui adressa un « hello » poli et se présenta comme représentant du Lenox Cleaners. Il déclina son nom que Paris ne retint pas car ce fut une consonance étrangère à son ouïe. Elle lui adressa un sourire franc, et se déclara enchantée. Le jeune homme pris les habits et les mis soigneusement sur un cintre qu'il introduit ensuite dans un large sac pastique fin transparent et immaculé qu'il posa tout de suite sur son avant-bras gauche avec un soin doucereux. Il sortit un calepin et enregistra les articles tout en demandant à Paris les descriptions qu'il vérifiait lui-même.

Paris lui indiqua qu'il s'agissait seulement de faire le repassage des habits et de les ramener le plus tôt possible. Il emporta les habits après avoir remis à Paris un reçu détaché du calepin. Elle fut sur le point de retourner à l'ascenseur, mais le concierge 'Mexicain' la pria une seconde, s'approcha d'elle pour un conciliabule. Il lui tint à voix basse et hésitante, un peu embarrassé, quelque propos qui la fit tiquer et tourner instamment le regard vers l'autre bonhomme étranger présent dans la conciergerie. L'autre jeune homme bien à l'écart, tout silencieux, debout en garde, les bras croisés sur la poitrine, fixait Paris.

Sa stature distinguée remplissait un bon espace du large encadrement de la porte d'entrée de la résidence. Il reflétait la fierté d'un mustang noir. Le col de sa chemise imprimée était dressé comme une crinière abondante qui orne son épais et long cou lisse d'un teint ébène. De ses yeux, aux paupières immobiles, se projetait un regard droit et perçant qui signalait une assurance de guerrier solitaire qui a foulé mille champs de bataille et remporté moult combats. Il est insidieusement attractif et toute attention féminine mature ne peut lui résister.

Paris étudia en trois secondes la stylique de ce calme solliciteur inconnu qui avait du grand charme. Son pantalon-jeans bleu marqué d'une fine granulation blanche et son veston en velours mauve pâle pardessus la chemise imprimée bien ajustés à sa taille paraissaient faits dans le style GAP classique. Il chaussait une paire non ordinaire, sans doute un Diesel fait d'un faux vieux cuir gris qui réclamerait au-delà des deux cent cinquante dollars dans la boutique.

Sa chevelure crépue dépeignée mais bien coupée ras reflétait un halo dans la lumière tamisée qui se rependait sur le marbre du plancher depuis le lustre accroché au grand plafond de la conciergerie. Un éclat mat reflétait sur le noir poli de son visage aux traits forts en nette harmonie. Un beau jeune homme fier mais tempérant, rejeton haïtien américain.

Paris détourna son regard du séduisant solliciteur inconnu et partit prestement pour rentrer dans l'ascenseur, luttant contre la tentation de regarder en arrière vers l'étalon ravissant. L'écran de télévision incrustée dans la paroi de verre et d'aluminium de l'ascenseur diffusait quelques informations en boucle sur la bourse des valeurs à Wall Street et sur la météo, mais Paris n'y prêta aucune attention. Arrivée dans le salon de l'appartement, elle s'assied dans le canapé, un peu embarrassée par la présence de cet étranger qui demandait à lui parler en privé. Elle supposait qu'il serait un reporter de ''presse people'' qui l'avait repérée et confondue à Idare. Son cœur battit une chamade dès l'apparition de cette idée car elle redoutait beaucoup de devenir un sujet à la une de la presse de vanité. La montre murale affichait midi passé et elle n'avait que six heures pour se préparer pour la soirée humanitaire au siège des

Nations Unies.

Elle s'allongea sur le canapé, ferma les yeux pour se concentrer sur la situation intriquée dans laquelle elle se trouvait. Le chien qui avait disparu, un voyeur qui l'épiait depuis la fenêtre du bâtiment d'en face, un beau jeune homme inconnu qui avait pu venir jusque dans la résidence pour demander à lui parler en privé. Elle était complètement au désarroi et finalement très inquiétée. Elle sentit un creux au ventre et un épuisement général se manifesta dans tout son corps. Ses pensées se firent évanescentes, et le sommeil l'immergea comme une marée montante nonchalante mais irrésistible couvrirait un récif. Elle lutta mentalement contre l'apaisant génie des vapes, mais trop fatiguée elle se laissa enlever ; Morphée l'avait domptée.

Michel KINVI

Brouille à Central Park et Embûche dans Le Ramble

Le Train R s'immobilisa au quai de la 57ᵉ Rue. Les portes automatiques s'ouvrirent. Avant que nul ne sortît un policier apparut au seuil du wagon où se trouvait Demouth. Il promena rapidement ses yeux perçants dans la foule de passagers, pointa Demouth et lui fit signe de descendre en premier. Demouth descendit, le policier le dirigea en hâte et lui fit faire face contre le mur d'un escalier du quai. Deux autres policiers en positions d'alerte en aval et en amont approchèrent graduellement. Demouth fut rapidement fouillé de haut en bas. On lui demanda sa carte d'identité. Il la fit inspecter. On lui expliqua qu'il avait été signalé d'avoir pris le train de manière disruptive à la station de métro de White Hall dans le quartier financier et que deux individus avaient tenté de le poursuivre de la même manière sans succès. Et que tout cela était suspect. C'est la raison du contrôle auquel il est soumis ici à près de dix kilomètres à la 57ᵉ rue au quartier du Theater District. On lui demanda s'il était sain, il répondit oui. On lui demanda s'il n'avait pas de plainte à formuler, il répondit non. On le libera après avoir félicité la beauté du chien qu'il portait et après lui avoir conseillé de prendre soin.

Demouth sortit de la bouche du métro à la 55e Rue au coin de la 7e Avenue. Le temps était beau. Apparemment les gouttes de pluie qui avaient arrosé le Financial District au sud avaient boudé le Centre Ville et le nord de Manhattan. Demouth prit la direction nord en longeant le mur ouest de Carnegie Hall. Il suait un peu bien que le contrôle policier de tout à l'heure ne l'étonna guère. Il savait que ces brusqueries policières fréquentes faisaient partie des dispositions publiques ordinaires prises pour la lutte contre l'insécurité et le terrorisme depuis une décennie. Mais la rapidité avec laquelle on l'identifia, le repéra et l'interpella puis l'inspecta lui fit s'émerveiller un peu.

Son attention fut attirée par quelques affiches publicitaires placardées un peu en hauteur sur des échafaudages tout autour de Carnegie Hall. Il y jeta un coup d'œil et lu rapidement des noms de quelques artistes glorieux programmés pour des spectacles dans le courant du mois. Il en reconnut quelques-uns de grande réputation comme Yo-Yo Ma le Chinois-français-americain et de nouvelles entrées de liste comme Angélique Kidjo la Béninoise. Il se blâma de n'avoir jamais pu visiter cette salle mythique pour se délecter de l'un des spectacles extraordinaires qui s'y déroulent régulièrement.

L'année dernière il avait voulu assister à une prestation de Yo-Yo Ma le prodigieux violoncelliste, mais il en avait été empêché par des exigences professionnelles de dernière minute. Mais ce ne fut que partie remise. Car il n'était pas admissible pour lui en tant que résident pendant deux décennies à New York et en plus guide touristique émérite de ne pas pouvoir assister à au moins un seul spectacle au Carnegie Hall. Il convoitait toujours de se délecter un jour dans cette salle, dont l'extérieur présente un beau revêtement de brique rouge cuite et dont l'intérieur dispose de deux mille huit cents places, construite par la bienfaisance du milliardaire Andrew Carnegie et devenue le temple où le dieu de la sonorité s'est réincarné depuis que Stravinsky la gratifia d'un concert inaugural légendaire.

Il traversa la 59e Rue et entra dans Central Park. En cet été, comme en tout été, le parc scintillait comme un diamant vert flambant neuf serti dans le schiste dur noirâtre de l'île aux mille collines, Manhattan. À l'entrée du parc s'étaient alignés des dizaines de *cyclo-taximen* et des cochers dans des calèches attelées à des chevaux robustes. Tous cherchaient agressivement mais dans l'ordre des clients pour des tours dans la vaste verdure aménagée avec raffinement. Demouth admira le courage de ces braves conducteurs de tours en vélo ou en calèche, pour la plupart des immigrés d'Europe de l'Est, d'Afrique de l'Ouest et d'Asie Centrale, qui se mettent à leur propre compte lucratif et gagnent bien dignement ainsi leur pain quotidien.

Le paysage estival dans Central Park est toujours pittoresque et vivifiant. Ce chef-d'œuvre mouvant au rythme des saisons, sculpté par six mille mains en six révolutions terrestres, est une véritable oasis qui soulage le visiteur du lest subtile et oppressif que dépose sur son subconscient la jungle hyper urbaine de béton, de verre, d'acier et de clameurs dans Manhattan.

Demouth s'engagea sur le West Drive à l'entrée sud du parc et bifurqua à droite après quelques pas pour continuer sur le Central Drive. Il suivit cette voie qui contourne le Heckscher Playground et le Umpire Rock. Il déboucha enfin sur l'entrée de la sublime voie dénommée The Mall ; large corridor bordé de grands ormes, élégants arbres à l'écorce dure et au feuillage épandu en voûte ombrageux. Cette grande allée offre une promenade littéraire dans la verdure ; de grands maîtres des arts de la dramaturgie, des nouvelles et de la poésie y sont immortalisés sur de hauts piédestaux, ils vous captivent la vue et interrogent votre savoir dès l'entrée sud du corridor. On y remarque surtout l'Anglais Shakespeare, les Écossais Sir Walter Scott et Robert Burns.

Demouth continua la marche ; le corridor lui fit se souvenir de ses études en littérature anglaise à la prestigieuse Columbia University au cours des années quatre-vingt. Il en avait une passion extrême et excellait d'une curiosité louée par ses professeurs. Au bout d'une dizaine de minutes, il aboutit à la Bethesda Terrace et perçut une musique avec des clameurs qui provenaient de l'esplanade. Il se surprit en train d'accélérer les pas. Il descendit les escaliers qui conduisirent à une galerie dont le plafond est garni de faïences en coloris floraux rouge bordeaux et blanc très reluisantes. Ce passage souterrain aménagé en perpendiculaire à la 72ᵉ Rue est apposée comme un trait d'union muet entre The Mall et la Bethesda Terrasse.

Une fois arrivé sur l'esplanade, Demouth sentit avec bénédiction l'humidité relaxante dispensée dans l'air par l'épanchement des beaux flots de la Fontaine de l'Ange des Eaux. Le grand bassin circulaire nourrissait éternellement ces flots angéliques qui retombaient en gerbes à la surface dans une chorale monophonique. Sur la gauche de l'esplanade Demouth remarqua un attroupement d'où émanaient la musique et les tumultes. Il s'approcha et vit par-dessus les épaules des spectateurs un trio de jeunes danseurs acrobates qui égaillait l'attroupement. Il dénombra ce public entre cent et cent cinquante personnes à vue d'oeil.

Il fut pris d'intérêt pour le spectacle de chorégraphie époustouflante et de comédies hilarantes orchestrées par le trio de jeunes Africain-américains. Les danseurs mélangeaient le break danse et les sauts périlleux, la poésie et la comédie dans un ensemble harmonisé très minuté, accrochant et stupéfiant. Le spectacle tenait la foule en haleine et intégrait habilement certains spectateurs à quelques-unes des séquences. Comme tout le monde, Demouth s'émerveilla de cette prestation professionnelle en plein air sur fond de morceaux musicaux pops célèbres comme *Thriller* de Michael Jackson, *Everybody* de Madonna ou *Born This Way* de Lady Gaga.

A un moment donné, pendant que la musique boostait continuellement du robuste amplificateur relié à un Ipod Touch, deux des danseurs se saisirent chacun d'un assez large sac recyclable qu'ils circulaient dans la foule pour collecter des pourboires. Chaque fois que l'un recevait un billet de cinq ou dix dollars il criait assez fort à l'attention de son camarade « Mon gars, je viens d'encaisser un gros sou. Qu'en est-il de ton côté ? ils sont généreux là-bas aussi ? » Et l'autre de répliquer « Oui bien sûr, ils sont généreux ; quelqu'un s'apprête à donner cinq ou dix dollars par ici ». Le troisième, en ce moment, continuait la démonstration d'un numéro d'enchaînement de sauts retournés arrière alternant ses chutes sur ses mains et sur ses pieds, on aurait cru une hélice en rotation.

La plupart des spectateurs mettaient un ou deux dollars dans le sac qui passait tour à tour devant eux. Quand ils finirent de faire le tour, l'un des deux acteurs brandit un billet de dix dollars et demanda à haute voix : « Qui a donné 10 dollars ? » Un homme leva la main. Il lui demanda « D'où venez-vous ? » L'homme répondit « De la Grèce » . Il se dirigea vers lui affichant un large sourire, lui serra la main et déclara péremptoirement en circulant le regard dans la foule « Félicitation à la Grèce. C'est le pays le plus généreux du monde. Qui dit mieux ? Qui peut faire mieux ? » Son camarade appuya « Il n'y a pas un américain ici pour relever ce grand défi ? » Une jeune femme sortie son portefeuille, y extrait un billet de vingt dollars. Un lourd applaudissement jaillit de la foule.

L'acteur trottina vers elle tout en criant « Oui voilà, Oui voilà, félicitations, félicitations United States » et prit le billet tout en lui demandant « De quelle ville venez-vous mademoiselle ? », « Kansas City » répondit-elle et à peine a t-elle fini de prononcer le mot qu'une jeune dame d'origine asiatique brandit aussi un billet flambant neuf de vingt dollars en criant « *This is Japan !* ». Elle se trouvait juste devant Demouth qui était très amusé et distrait par la scène. Et d'un coup un monsieur debout près de la jeune femme asiatique sortit lui aussi spontanément et brandit en l'air un billet de cinq dollars et annonça « *Plus Australia !* ». La foule se gratifia encore d'un applaudissement très nourri.

En ce moment précis, le caniche doué s'agita vigoureusement dans les bras de Demouth, bouscula la jeune femme japonaise dans le dos. Elle se retourna promptement et à la seconde même le chien doué sauta à terre et rebondit aussitôt d'un souple élan et, dans une tentative de la gueule, essaya de lui arracher le billet de vingt dollars. Elle paniqua quand elle se sentit comme sous l'attaque d'un chien féroce, elle poussa un cri de frayeur puis courut vers le milieu du cercle formé autour des danseurs gymnastes. Dans son échappée sous la panique, elle laissa tomber le billet de vingt dollars… au bonheur du chien.

Un remue-ménage s'installa tandis que Demouth restait tétanisé. La foule surprise par cette présence et cette agressivité inopinées d'un chien s'écarta en reculade pour s'en éloigner. L'acteur le plus proche se remit vite de la surprise et souleva son sac comme pour frapper le chien. Celui-ci, de sa gueule, s'emparait déjà du billet de vingt dollars et sans se soucier de la menace, il partit déposer l'argent au pied de Demouth qui restait figé et confus.

Le chien se retourna et fit face à l'acteur dans une posture inoffensive ; il s'assied et lécha les babines en dévisageant l'acteur et les spectateurs tour à tour. Puis dans une invite à l'amusement, il trottina, fit une pirouette, mis ses deux pattes avant en plat sur le sol, gardant les deux pattes arrière braquées ayant son arrière-train ainsi soulevé, il agitait sa queue garnie d'une touffe riche au bout. L'artiste baissa la garde et se mit à rire tandis que son co-équipier aussi se mit à rire avec des jurons d'étonnement face au chien malicieux.

Demouth ne bougeait toujours pas. Il restait de marbre, et sentait qu'il allait être dans les minutes à venir l'objet d'une réprobation de la part des jeunes artistes, voire de la foule. Le troisième acteur avait cessé depuis un instant de faire son numéro de retournées acrobatiques et s'exclama tout en sueur « *Hey yo ! wassap wit da dog ?* » L'autre répondit avec un sourire amusé « *He is funny and playing smart, menn !* » En ce temps, le chien pivota à droit puis à gauche, se coucha, roula sur le dos, se releva et émit un petit grognement de délectation.

L'humeur d'affolement et d'aversion dans la foule vira à l'émerveillement et à l'attention envers ce curieux chien. Pendant ce temps, l'un des acteurs dit à son camarade « *Go get da money, menn !* ». L'autre, fronçant un peu la mine s'exécuta et fonça pour contourner le chien et ramasser le billet de vingt dollars qui se trouvait toujours au pied de Demouth qui se tenait toujours coi, silencieux.

Alors que l'artiste dépassait le chien, celui-ci se redressa et bouscula de la tête le sac que tenait l'acteur. Ce dernier souleva le sac et se dégagea du chien en pressant le pas, mais le chien, en un bon élastique le dépassa avant qu'il n'approchât Demouth, et de la gueule, avant lui, se saisit du billet et détala, provoquant de nouveau un éparpillement de la foule qui, cette fois-ci très amusée, s'émouvait dans des commentaires excités. Le chien tournoya puis exécuta quelques slaloms entre les spectateurs et fila en une vitesse éclair vers la fontaine, serrant toujours le billet dans sa gueule. Il bondit par-dessus bord le bassin de la fontaine en un plongeon superbe qui l'immergea dans l'eau claire. Une vive clameur « Waaoo ! » s'éleva de la foule. Son impact dans l'eau limpide impulsa des ondes agiles qui firent valser langoureusement quelques fleurs aquatiques de la famille des nymphéacées nénuphars qui ornaient la surface malléable. Bien en plus, la giclée de l'impact attira l'attention d'autres chiens en loisir à côté de leurs maîtresses ou maîtres promeneurs autour de la fontaine.

Alors un autre chien, pris d'enthousiasme subit, s'éloigna avec désinvolture de sa maîtresse avec qui il jouait à l'attrape pelote et fit un bond dans le bassin à la suite du chien doué. La profondeur du bassin d'à peu près un demi-mètre laissa leurs têtes surnager l'eau et ils se livrèrent, jovials, à un ébat amical de course-poursuite pendant laquelle le chien doué ne lâcha cependant pas le billet neuf déjà flasque au contact de l'eau. Leur présence dans l'eau dérangea quelques promeneurs qui prenaient des photos de souvenir au bord du bassin en cadrant la sculpture de l'Ange des Eaux en arrière-plan. Au bout d'un lapse de temps, le chien doué rebondit hors du bassin, courut droit vers Demouht et déposa le billet mouillé à ses pieds.

Le mouvement de la foule se fit un peu concentrique vers le caniche et Demouth. Les trois acteurs qui s'étaient tous bien rapprochés de Demouth, au moment où le chien doué sautait dans le bassin d'eau, formaient autour de lui un demi-cercle menaçant. Les spectateurs, sentant un grabuge exploser dans les secondes suivantes, se désolaient visiblement. Mais l'impassibilité de Demouth les intrigua. Les trois garçons offusqués restèrent indécis un instant face à la posture placide de leur antagoniste.

Demouth croisa les bras sur sa poitrine et annonça de façon articulée à leur attention « Je suis un vrai New Yorkais dur et tenace, mon chien est un phénomène de curiosité, mais vous vous êtes encore plus extraordinaires. Alors nous pouvons résoudre ce petit problème très intelligemment. Vous allez récupérer votre billet de vingt dollars. Ok ?... »

Il fut sèchement interrompu par le plus jeune en apparence et cependant plus costaud des garçons « Mais le billet est mouillé ! c'est inutile maintenant. Tu vas donc nous donner vingt dollars secs de ta poche et tu vas garder le billet chiffonné par la faute de ton chien.

- C'est mon souhait sincère de vous donner vingt dollars secs de ma poche en remplacement. Mais en ce moment précis où je vous parle, je suis fauché, fichu comme un ras d'église, sans un rond. Je vous conjure, même un sans domicile mendiant crasseux squattant la station du métro B de Grand Street serait financièrement mieux loti que moi en ce moment précis. Je suis un guide expert au chômage depuis six mois et je n'ai pas honte de le dire. Mais je vais vous proposer un marché.

- Ah bon ? fit l'autre tout curieux.

- Oui, un bon marché, reprit Demouth en se frottant les deux mains. Je vous offre trente dollars en nature.

- Comment cela ? demanda l'apparemment plus âgé des jeunes jongleurs, un peu amusé.

- Ok, j'ai un Nike tout neuf. Je vous le cède contre le billet mouillé, ou même si vous le voulez je vous laisse le Nike et le billet en plus. Comme cela on se sépare amicalement et l'on maintient la bonne ambiance pour tous ces dames et messieurs venus ici depuis de lointains pays du monde entier pour passer d'agréables moments dans notre sublime cité. N'est-ce pas mieux ?

- Où est le Nike ? demanda le troisième garçon.

- Le voici, fit Demouth soulevant sa chemise, montrant de l'index sa ceinture et continua, c'est du tout neuf et brillant, c'est ma deuxième fois de la porter. Elle a une valeur de cinquante dollars à la boutique Nike sur la 57ᵉ Rue à côté du Trump Tower au coin de la 5ᵉAvenue. C'est du vérifiable.

- Ahh oui. Vous avez un beau marchandage. Peut-on voir de près ? pouvez-vous l'enlever ? »

Demouth s'exécuta et remit la ceinture réversible noire et brune au plus jeune jongleur. Celui-ci l'examina de près et le passa à ses deux compères sans dire mot. Quand le troisième eut fini de regarder la fringue, il demanda à ses amis :

« C'est du vrai. Mais, avons-nous besoins de ceinture ?

- Non ! répondirent simultanément les deux.

- Alors cher Monsieur, votre marchandise est bonne, mais nous n'en avons pas besoins. Fit l'autre à l'endroit de Demouth qui ne manifesta pas de désespoir du tout.

- Vous n'en avez pas besoin vous, je vois ; mais vos amis, un frère peut-être peut l'apprécier vachement. Et là vous ferez un joli cadeau inoubliable. Pensez-y ».

Les acteurs restèrent songeurs pendant un bref moment et le plus âgé fit signe à ses compères de le suivre. Et ils se mirent en aparté pour un conciliabule. Pendant qu'ils s'étaient écartés de Demouth le chien doué prit le billet dans sa gueule et les suivit, se mit en position assise à quelques pas d'eux et les regardait attentivement comme pour écouter leur entretien. Pendant ce temps, la foule toute curieuse et apparemment un peu mal aisée face à cette intrigue restait silencieuse mais préoccupée.

Quand ils finirent leur concertation, le plus jeune prit la parole à voix très haute et péremptoire comme auparavant quand ils égaillaient le public et déclara «Monsieur le bienheureux propriétaire du chien magnifique, nous faisons de vous notre ami sympathique. Nous avons décidé, et prenons à témoin tout le public ici présent, de vous laisser les vingt dollars et de garder votre chien magnifique en échange jusqu'à ce que vous reveniez demain ou après-demain nous remettre notre sou... - Il fit une pause - Ou bien, si vous le voulez aussi, ne revenez jamais et laissez nous tout simplement le chien doué et vous gardez ainsi le billet mouillé de vingt dollars pour toujours ».

Cette sentence fit bondir le cœur de Demouth tandis que tous les trois jongleurs se fendirent dans un applaudissement nourri pour se féliciter eux-mêmes. Demouth resta confus, des murmures s'élevèrent dans la foule, le chien doué se secoua et rependit alentour des gouttes d'eau qui collaient à sa fourrure blanche éclatant et immaculée.

« Non, non, non ! Ce n'est pas ce que nous avons décidé. » Interjeta le jongleur senior, avec un grand sourire, et continua dans une prestation déclamatoire ponctuée de gestes vigoureux « Le petit n'est pas un bon rapporteur. Ecoutez-tous ce que nous avons décidé. Notre ami sympathique, le propriétaire du chien, va nous laisser le chien en plus de la ceinture Nike. Et s'il veut bien, nous prendrons aussi sa chemise et lui il garde les vingt dollars. Comme cela on se sépare très gentiment et sans rancune » – il fit une pause, resta tout sourire, et promena le regard dans le public pour remarquer les expressions d'étonnement sur la plupart des visages. Il évita de regarder Demouth. « N'est-ce pas mieux ainsi ? » conclut-il à l'endroit du public et tous trois, hilares, se fendirent encore dans un applaudissement très fort. La foule bourdonnait de murmures de désapprobation.

« C'est une arnaque ! de la truanderie, de la filouterie ! » protesta Demouth vivement à tue-tête en allant s'emparer vigoureusement du caniche par le collier.

- Haha ! s'esclaffa le troisième jongleur, actant de plus bel que ses compères qui rirent aussi aux éclats. Nous l'avons eu, nous vous avons tous eu, oui ! -Il fit une pause et continua- Pour être sincère, nous blaguons tout simplement. N'est-ce pas bon de s'amuser, mes frères et soeur?

- Yeeeeh ! s'écria la foule soulagée et gaie.

- Oui, il faut s'amuser quand on en a l'occasion et il faut aussi compatir de la peine des autres quand ils sont dans le pétrin! reprit le jongleur enthousiaste.

- Donc, voici ce que nous avons décidé en fait, intervint le jongleur senior à la suite en désignant dans un ample geste de la main le plus jeune jongleur qui prit la parole.

- Nous donnons les vingt dollars et laissons la ceinture et le chien magnifique au sympathique monsieur. Vous voyez bien, le chien n'a pas de laisse et il est mouillé. Notre ami ne peut pas le porter dans ses bras comme il le portait tout à l'heure avant de venir ici. Il risque de se mouiller tous les vêtements. Alors nous lui conseillons tout simplement d'attacher la ceinture au collier du chien pour en faire une laisse provisoire et ce sera plus commode pour lui de l'emmener paisiblement à la maison. Voilà notre résolution.

- Yeeeeh ! Houraaa ! s'épancha la foule tandis que Demouth tout sourire, les bras largement ouverts pour des embrassades, lâcha :

- Vous les gars, vous êtes de tels comédiens ! Je vous adore. Vous êtes sublimes.

- Vous êtes vraiment sympathique, lui adressa le jongleur senior en lui remettant la ceinture après les accolades.

La foule était en liesse, tout le monde était content. Des félicitations fusaient, on câlinait affectueusement le chien doué, des appareils photo et vidéo s'activaient pour capter l'heureux instant. Demouth fit un salut courtois et un grand au revoir à tous. Il partit en emmenant le chien doué par la ceinture Nike devenue une laisse. Le caniche se fit docile, il se plut beaucoup dans cette ambiance de masse excitée.

Demouth partit de la terrasse, tout radieux que l'embarrassante brouille se fut bien soldée entre lui et les jeunes artistes. Il passa près de la fontaine, ralentit les pas et dévisagea les innombrables pièces de monnaies qui tapissaient le fond du bassin d'eau limpide. Il y en avait de toutes les valeurs en circulation : les centimes, les cinq centimes, les dix centimes et le tout dominé par les vingt-cinq centimes. Demouth conclut que malgré tout, les vieilles superstitions venues de la Rome ancienne ont la vie dure : on croit fort encore à New York à l'heure de Facebook et des tablettes numériques qu'une pièce de monnaie jetée dans une fontaine peut garantir le bonheur ou la longévité.

Un sifflement dans l'air par-dessus sa tête, provenant des battements d'ailes d'un pigeon, détourna son attention du bassin. Il leva le regard, tout en accélérant les pas s'éloignant du bassin, et aperçut le pigeon qui se posait déjà sur une aile de l'Ange des Eaux qui surplombe la fontaine. Cette superbe dame drapée dans une ample et longue robe déploie deux larges ailes à l'horizontale qui la portent dans une foulée figée. Le pigeon avait rejoint trois compères et, en cet instant, ils formaient deux couples, un sur chacune des ailes de l'ange. Ils se reposaient et profitaient des derniers rayons du soleil qui dardaient sur le métal inoxydable. Demouth admira, comme toujours, le génie d'Emma Stebbins qui donna forme à cette œuvre déjà centenaire et qui depuis émerveille les regards de la colossale quinzaine de millions de visiteurs annuels dans le parc.

Demouth s'éloigna de la fontaine vers la gauche en direction nord-ouest suivant un sentier qui monte une faible colline, la Cherry Hill, et longe le Lac. Un peu au loin, à la rive opposée vers l'est, des lueurs projetées par les lustres du renommé restaurant Boat House Café se reflétaient en jaune opaque dans l'eau verdâtre du lac et dansaient, sous l'effet optique des légers vagues, comme des serpents d'eau inoffensifs, silencieux et paisibles. Quelques canards se promenaient insouciamment sur l'eau tandis que d'autres se reposaient sur de petits rochers épars dans le lit du lac. Par intermittence, de petites têtes fuselées couvertes de très minuscules feuilles vertes qui tapissaient la surface du lac pointaient hors de l'eau et y disparaissaient au bout de quelques minutes; c'étaient des têtes de tortues.

Le souffle du vent léger et débridé sifflait une fine et suave mélodie de violon à travers les feuillages épars des géants érables sycomores et platanes qui enfoncent stoïquement leurs racines rugueuses dans la grise roche schisteuse de la colline de Cherry Hill. Demouth arriva à une croisée de chemins, laissa celui de gauche et s'engagea sur celui de la droite menant à un pont. Il s'avança sur le pont légendaire, le Bow Bridge, et s'immobilisa en son milieu. Ce pont en laiton, réservé aux piétons, enjambe un bras du Lac dans une courbure arquée et bordée de palissades ouvrées en mode baroque, offrant un passage de trois mètres d'emprise s'allongeant sur presque vingt-six mètres. Voici l'un des plus beaux ponts de Central Park, prénommé affectueusement le "Pont des Amoureux" ; un beau lieu de rendez-vous galants.

Demouth s'approcha de la palissade ouest du pont et s'y accouda. Il déposa à plat le billet de vingt dollars mouillé sur l'accoudoir dans l'intention de le sécher. Il fixa pendant quelque moment, trois chaloupes qui voguaient dans le bras ouest du lac en direction du pont. Ce sont des chaloupes retardataires qui revenaient d'une promenade romantique sur le lac. Leurs occupants, des couples qui manœuvraient doucereusement les avirons affectaient des mines d'enchantement. Ils causaient gaiement ou riaient tout simplement, noyés dans la saveur fusionnelle de cet instant singulier. Ils passeront bientôt sous le pont et iront vers le Boat House Café pour y débarquer et peut-être ils s'y offriront un cocktail ou quelques autres menus exquis pour prolonger et conclure cette complicité idyllique.

Au moment où Demouth allait détourner le regard, la jeune femme dans l'une des barques se pencha lentement vers son compagnon et allongea son cou tel un cygne pour quémander un bisou. Le tourtereau ne fut pas avare, il donna plus qu'elle n'en espérait ; le baiser resta soudé comme deux beaux becs cadenassés tandis que Demouth ramena son regard vers l'accoudoir du pont.

Sur l'accoudoir du pont des écritures en feutre de presque toutes les couleurs et des entailles couvraient la surface blanc ivoire. Certaines étaient récentes et nettes et d'autres étaient en phase de dissipation avancée et floues. Des noms, des cœurs fléchés, des fleures, des phrases, des extraits de poèmes, des versets religieux étaient gribouillées sur presque toute la surface de l'accoudoir. C'étaient là, bien sûr, les marques de passage des milliers de couples amoureux qui visitent le pont pour signer ce sceau mythique de l'imaginaire romantique à New York et prouver la force de leurs sentiments.

Le pont sera repeint dans quelques mois peut-être. Mais les amoureux reviendront, les graffitis renaîtront et tout recommencera suivant l'éternel retour des saisons. Demouth se rappela avec amusement des belles images de la scène du film Spider Man III où le superhéros et sa copine se sont retrouvés sur le pont pour une réconciliation qui n'eut pas lieu.

Depuis vingt-cinq ans qu'il vit à New York, Demouth rêvait toujours l'occasion de vivre quelque moment de romance dans le parc. Mais il ne s'en était jamais donné la chance. Il avait vu mille couples venir se prélasser sous de chauds soleils d'été dans la vaste pelouse du Great Lawn au milieu du parc ; il avait vu des centaines de tourtereaux dans des chaloupes de plaisance voguer sur le Lac, s'amuser à ramer des quatre mains réunies en deux seuls points autour des pagaies dans une entente simplette qui induit une jouissance épurée dans leurs corps en cadence.

De beaux garçons ont passé des anneaux de fiançailles aux doigts de jolies filles, folles de joie dans des gondoles, offrant en retour leurs lèvres au prince charmant pour des baisers suaves que les gondoliers, témoins blasés et encourageants, semblent toujours ignorer en continuant leur job au gouvernail des grandes pirogues qui balancent nonchalamment sur les molles vagues de l'eau verdie d'algues.

Demouth avait croisé plus de cent fois sur les voies asphaltées du parc des calèches tirées par de robustes et superbes chevaux promenant en tour des jeunes gens ou de vieux couples enjoués et enlacés au fond des sièges veloutés pourpres ou olives. Mais jamais il ne s'était donné le temps, l'énergie, la patience et la galanterie nécessaire pour s'offrir un tel instant de divertissement hédoniste dans le parc. Mais il n'est jamais trop tard, se disait-il toujours, en gardant un ferme espoir.

Se souvenant de son tout premier et vrai amour au collège, il se convainquit que le réel amour est celui qu'on vit très jeune en fin d'adolescence et très vieux quand toute responsabilité sociale prend fin. Mais lui Demouth, il n'est ni jeune adulte insouciant ni vieux oisif débonnaire, il vit actuellement avec trop de calculs et plein de plans, l'innocence amoureuse ne germerait pas si vite en lui.

Sa rêverie cessa quand il sentit une présence humaine à quelques pas qui se dirigeait vers lui sur le pont. Il reconnut vaguement l'homme car il lui semblait l'avoir remarqué tout à l'heure dans la foule à la Bethesda Terrace. Le Monsieur s'approcha de lui avec une allure pausée et dégourdie, affichant de la bonhomie. C'était un homme svelte au teint pâle, sa chevelure ambrée et ondulante lui tombait sur les épaules, ses avant-bras laissaient saillir des veines à fleur de muscles épais.

« Nous revoici, dit-il à l'adresse de Demouth.

- Ah oui, répondit ce dernier en passant une main cajoleuse sur la tête du chien doué. Vous êtes de New York, je suppose, continua-t-il.

- Oui, je suis New-yorkais. Et j'admire votre amour pour la ville. Et votre métier, d'ailleurs, est enviable. Sincèrement !

- Je vous remercie pour le compliment, c'est un métier passionnant. Il me plait toujours de parler de la ville.

- Effectivement, l'envie me prend de vous demander à propos de ces gens qui habitent dans ces grandes résidences tout au long du parc. Je suis curieux ; on dit que c'est une concentration de fortunes fabuleuses que nous avons là. Comment se fait-il ?

- Ben, oui, c'est la réalité. Il faut en général compter des millions de dollars pour acquérir un seul appartement dans ces résidences, souligna Demouth ».

Il tira machinalement sur la laisse du chien doué comme pour ponctuer sa déclaration, tourna de biais vers l'ouest, et continua :

« Voyez-vous, toute la rangée de résidences majestueuses qui longe Central Park à l'ouest, c'est ce que nous appelons formellement 'The New Money'. Ces résidences sont essentiellement habitées par des personnes célèbres qui ont réussi dans le show business. Ce sont en quelque sorte les nouveaux riches. Donc des acteurs stars du cinéma, des chanteurs idoles, des écrivains ou artistes peintres de renommées, des sportifs champions, des animateurs d'émissions-cultes à la télé etc.

- Et comment se retrouvent-ils concentrés ici ?

- En mon sens, c'est une règle non écrite que les opérateurs immobiliers appliquent dans ce contexte. Ils sollicitent un profil particulier et exclusif d'acquéreurs sur le marché et s'en tiennent strictement à cela ; et le tour est joué, je pense.

- Je vois.

- Et, continua Demouth, presque chaque résidence a un nom propre. Regardez par exemple celui-là au pinacle vert avec le drapeau américain qui y flotte au vent avec élégance, c'est le fameux Dakota, devenue patrimoine de la ville de New York. Le Dakota a pu abriter plus de vingt-cinq personnes célèbres. Dont le plus connu est la star du rock John Lennon, l'un des Beatles. À part Lennon, Harrison Ford, Paul Simon, Roberta Flack, Leonard Bernstein, Boris Karloff et d'autre encore en ont fait leur demeure à un moment donné ou pour toujours. Les autres résidences de la zone comme le Majectic, le San Remo, le Beresford, le Kenilworth, l'Eldorado, le Langham etc, tout le long du parc à l'ouest ont une histoire liée à des personnes célèbres et riches.

- Les sacrés nantis ! s'exclama l'autre avec un air ironique et détourna la tête comme pour marquer un dégoût envers le sujet que lui exposait Demouth.

- Voyez-vous, renchérit Demouth, à l'opposé là-bas à la 5ᵉ Avenue, côté Est du parc, cet espace nous l'appelons symboliquement ' The Old Money '. Il est pour ainsi dire réservé aux riches qui ont réussi dans le commerce et l'industrie. Donc des héritiers des grandes familles bourgeoises ou aristocrates comme les Rockefeller, les Vanderbilt, les Astor, les Lenox, les Kennedy, les Carnegie, Tilden etc. y résident ou y avaient résidé ».

Mais, tandis que Demouth débitait avec verve enthousiaste le dernier volet de son exposé, le monsieur aux cheveux ambrés l'ignorait totalement et avait le regard fixement tourné en bas sur le chien doué assis sur le plancher du pont. N'entendant plus aucune approbation ou question venant de son interlocuteur, Demouth se ravisa, se rendit compte qu'il monologuait et mit fin à sa narration exaltée. Il se tourna vers le monsieur qui profita de sa trêve pour lui demander :

« J'adore votre chien. Vous allez me le vendre ? »
Surpris par cette demande, Demouth eut une pause silencieuse qu'il laissa traîner comme pour rassembler et faire remonter une force intérieure avant de donner la réponse et répliqua « Je ne comprends pas. Vous voulez acheter le chien ? Il n'est même pas à moi. Je ne peux vous le vendre. Je ne fais que le garder en attendant une annonce de recherche et je le remettrai tout simplement à son propriétaire.

- Je vais l'acheter à un très bon prix. Vous allez faire une bonne affaire avec moi à la minute…

- Non ce n'est pas une question d'affaire. Pour moi c'est l'honnêteté. Je suis honnête avec vous. Je ne le vendrai pas ; je le remettrai à son propriétaire. D'ailleurs au pire des cas, s'il n'y a pas d'annonce je le confierai à l'une des agences spécialisées de récupération des chiens égarés dans la ville de New York afin de lui assurer une bonne prise en charge.

- Mais moi aussi je peux très bien prendre soin de ce caniche. J'en ai les moyens.

- Non !

- Vous êtes pathétique ! Vous ne voulez donc pas avoir rapidement un peu de pognon, de l'argent suffisant tout de suite pour assurer au moins une demi-douzaine de mois pour vos besoins financiers ? Pensez-y, mon ami. Laissez-moi ce chien, je vous en prie et je lui donnerai les soins dignes d'un caniche de sa race.

- Je ne peux pas concevoir la chose tout simplement » trancha Demouth tout irrité. L'homme à la chevelure ambrée abdiqua puis resta silencieux et pensif.

Demouth se décolla tout de suite de la palissade du pont ; dans ce mouvement brusque, son avant-bras balaya la surface de l'accoudoir et projeta le billet de vingt dollars par-dessus bord. Il fit une tentative agitée pour retenir le billet. Mais déjà un peu alourdi par l'humidité, le billet n'eut pas la chance de voltiger au souffle du vent comme une feuille normale, il traversa plus ou moins vite les quatre mètres de distance entre l'accoudoir du pont et la surface de l'eau. La grande tentative de Demouth pour l'attraper en l'air fut sans succès. Le billet atterrit en douceur dans une position plane sur la surface de l'eau et les vagues molles, sans attendre, lui imprimèrent le rythme monotone de leur déambulement serpentin.

Demouth se pencha longuement sur l'accoudoir pour suivre la trajectoire de vogue du billet vert. Il se redressa et avala une salive de dépit en regardant droit dans les yeux le monsieur aux cheveux ambrés qui ne semblait pas ému par la perte des vingt dollars. « Je peux vous donner cent fois cela » déclara le monsieur avec un air sérieux suivi d'un geste de paume ouverte en guise d'offre.

« Je m'en fous de votre offre finalement ! objecta Demouth un peu plus irrité par la situation. Il s'éloigna hâtivement de son interlocuteur gênant et partit en direction nord. Arrivé au bout du plancher du pont, il lança à l'attention du monsieur aux cheveux ambrés « Je suis désolé, bonne chance à vous tout de même et passez une bonne journée ». Il s'enfonça dans la futaie qui fait suite au pont.

C'est une futaie sombre ; le plus boisé endroit de Central Park. Laissée à l'état naturel comme une petite forêt sauvage en plein milieu de la grande verdure aménagée, elle est connue sous le nom évocateur de Ramble - la Randonnée -. Bordée en deçà par le Lac et au-delà par la 79ᵉ Street Transverse Road, elle s'étend à la droite jusqu'au East Drive et à la gauche jusqu'au West Drive. C'est un lieu magnifique pour tout promeneur passionné de la vierge nature. La voûte feuillue des cerisiers noirs, des robiniers, des sycomores et des chênes y offre un ombrage tempéré.

Ici, la course folle du vent se brise sur la luxuriante et hermétique toison de feuilles vert foncé et des branchages entrelacés. Son acoustique aiguë s'épaissit, s'arrondit, tournoie puis se faufile entre les appels et les chants mélodieux entrecroisés des oiseaux, des pépiements des ratons laveurs et des écureuils ; entre les froissements des limbes et entre les frottements des brindilles puis le tout s'amplifie en mille sonates de hautbois, de piano et de violoncelles, créant un opéra doux majeur exempt de tout instrument et vocal humain. La nature, par ici, semble simplement en possession d'elle-même.

L'atmosphère du lieu attendrit d'un cran la tension qui avait monté dans l'esprit de Demouth depuis la scène sur le pont. Alors il ouvrit largement ses cinq sens pour s'enivrer de cette douce plénitude momentanée qui venait à flot l'envelopper dans la solitude au cœur de la nature quasi immaculée.

L'humus noir, fertilisé par les myriades de feuilles mortes et les troncs épars terrassés, tous en déconfiture irréversible vers la poussière, exhalait une odeur poivre. Dans ce sol humide et riche en vies minuscules fourmillaient des vers et des insectes menus que les oiseaux aux noms exotiques comme les Tangaras Écarlates, les Gros-becs-errants, les Orioles de Baltimore, les Paserrins Indigo traquaient de leurs pattes frêles et picoraient de leurs becs acérés. Quelques minces files d'eau, des ruisseaux frugaux, traçaient nerveusement des bifurcations entre les roches et cherchaient leur chemin vers le lac.

Les pas fermes de Demouth sur l'asphalte du sentier résonnaient à cadence régulière tandis que les reniflements du chien doué devenaient alertes sans doute à cause de l'excitation que les effluves nuancés de ce foisonnement floral et animal dans le Ramble produisaient sur son odorat d'agile chasseur.

Demouth allait descendre une pente presque abrupte lorsqu'il surprit une silhouette mouvoir en biais du sentier, juste à une demi-douzaine de mètres de lui et disparaître en foulée derrière un arbre.

L'instant où il baissa le regard pour faire attention à ses pas en mi-chemin de la pente et relever la tête, la silhouette s'éjecta de derrière l'arbre en sa direction comme un obus propulsé d'un canon béant. Son cœur sursauta.Par réflexe, il leva son bras gauche en position de bouclier tout en pivotant vers la droite. Mais la vitesse de l'assaillant le prit de court dans un choc violent où il reçut un *coup de zidane* sur la tempe gauche et tomba à la renverse sur l'asphalte tiède, écrasant quasiment le chien doué. Il fut suivi dans la chute par l'assaillant et sentit une douleur de déchirures dans son épaule droite qui heurta le sol en premier. La force lui manqua sous le poids et la violence de l'attaquant.

Ce dernier se saisit du chien par l'arrière-train pendant que Demouth fut étourdie et ramolli sous le coup. Le chien grogna un aboiement ténu, se débattit vivement puis se libéra. L'agresseur se redressa et lui assena un coup de pied féroce dans le thorax et détala à la poursuite du chien doué à travers les broussailles dans le Ramble.

Endolori et KO, Demouth ne put se lever, mais il souleva la tête dans un effort ultime et vit de dos son agresseur qui s'enfuait. Il put reconnaître la chevelure ambrée du fuyard qui portait un débardeur gris foncé et était déshabillé de sa chemise blanche qu'il avait nouée autour de la taille en ceinture de pirate. L'homme à la chevelure ambrée venait de frapper violemment comme un véritable guerrier entraîné ; il chassait à présent en course-poursuite le chien doué à travers la petite forêt en plein milieu de Central Park. Demouth sentit ses forces le lâcher, il s'étala doucement sur le chemin ; il sentit un fluide tiède couler de sa narine gauche et s'épandre sur sa lèvre supérieure puis, à la seconde, un vertige subit vint l'entraîner irrésistiblement vers l'inconscient.

Gemmologie sur la Cinquième Avenue

Il était treize heures passé quand Paris s'éveilla de son court sommeil. Plus affaiblie par la faim que par la fatigue, elle pensa immédiatement à un déjeuner. Elle activa alors Safari sur son Iphone pour accéder à la fonction Internet. Elle y chercha et trouva rapidement le site du réseau des restaurants rapides Seamless, passa et paya électroniquement la commande d'un menue de salade expresse qui lui devrait être livré à la résidence en moins de trente minutes. Elle s'apprêtait à prendre une douche quand l'interphone de la conciergerie sonna. Elle décrocha le combiné et fut avertie que le blanchisseur était arrivé avec les habits repassés.

Elle descendit et paya le coursier avec une carte de crédit passée dans la machine d'encaissement mobile de ce dernier. Quant elle fut sur le point de retourner dans l'ascenseur le concierge 'Mexicain' l'informa qu'un message était laissé à son endroit par le jeune homme intrus qui voulait lui parler entre temps. Disant ceci, le concierge lui tendit une carte de visite. Elle prit la carte, jeta un coup d'oeil vague au recto sans lire ce qui s'y trouvait. Le 'Mexicain' lui dit « À l'autre côté, Mademoiselle ». Elle tourna le verso de la carte et vit une écriture manuscrite curviligne aux traits amples et bien affinés. Elle lut distinctement *'' Appelez-moi, s'il vous plait. C'est à propos du chien. Amitiés. Capitaine Dorsinville''* Elle retourna la carte au recto et lut *''Captain Jean Dorsinville, U.S. Marine Corps Forces Reserve''*; suivi d'un numéro de téléphone et d'une adresse email. Elle ne dit mot et n'exprima ni émotion à propos de ce qu'elle venait de lire ; elle laissa plutôt la consigne aux concierges de lui apporter dans sa suite le repas commandé dès qu'il sera livré et demanda qu'on lui apprêtât un taxi limousine.

La limousine noire, au service facturé à soixante-quinze dollars l'heure, déboucha sur la 5e Avenue par la 58e rue. À gauche, cinq drapeaux ; celui d'Israël, celui du Canada et celui de l'Hôtel Plaza, encadrés par deux des Etats-Unis flottaient sur les mats de façade du Plaza Hotel. Sur l'esplanade du Grand Army Plaza, la Pulizer Fontain surmontée d'une dame au grand corps charnu à bon goût et dotée d'une hanche naturellement cintrée, des jambes et des cuisses fuselées au plus-que-parfait, des seins menus et le visage fin, aspergeait ses eaux claires. La dame, on dirait une Ève, est plutôt la matérialisation en airain de Pomona, la déesse Romaine de l'abondance.

Et en vérité l'esprit d'abondance plane bien visiblement ici sur la Cinquième Avenue. Face au grandiose Plaza Hotel, ouvré en style renaissance classique fait de pierres dures, se dresse à l'opposée le gigantesque General Motor Building qui est un parallélépipède de cinquante étages fait d'acier, de béton et de vitre en style international.

Établi comme un précieux rejeton bien assis au pied de sa mère bienveillante, le volumineux cube de verre de la boutique Apple absorbe, aux centaines, d'interminables flopées de clients dans son large souterrain incorporé au General Motor Building.

La limousine tourna à droite sur la 5e Avenue et s'y stationna entre la 58e et la 57e Rues près du Bergdorf Goodman. Paris poussa un soupir quand elle jeta son premier coup d'œil aux vitrines de l'emblématique magasin. La magnificence et l'originalité y sautaient aux yeux. Tout y était éblouissant dans la matière, les formes, les couleurs et les manières. De la décoration des vitrines émanait une courtoise invitation à y pénétrer si on est pétri de bon goût et logé dans une haute lignée argentière.

Bergdorf Goodman est résolument enraciné dans la classe exceptionnelle des grands magasins de luxe New-yorkais depuis plus d'un siècle. Ces concurrents dans cet étroit mais céleste créneau sont le Lord & Taylord, le Sacks Fifth Avenue, le Bloomindales et le Barneys New York. Le large bâtiment actuel en beaux-arts, construit en mille neuf cent vingt-huit au presque début du siècle précédent à la place où trônait le somptueux manoir du milliardaire Cornelus Vanderbilt II, est de cinq étages et occupe le bloc entier sur la 5e Avenue. Ce pavillon ouest sur la 5e Avenue, la principale des deux pavillons qui se font face et totalisent cinquante-huit mille mètres carrés, est entièrement réservé aux articles de dames tandis que l'autre est ouvert aux messieurs.

Paris descendit de la limousine extravagante après avoir enregistré le numéro de téléphone du chauffeur. Il était dix-huit heures trente, le soleil déclinait et laissait les lampadaires affronter la pénombre qui s'avançait rapidement dans les rues en canyon du Midtown et du Downtown Manhattan. Elle se faufila entre les flâneurs sur le trottoir qui léchaient les vitrines et en prenaient allégrement des photos à l'aide de leurs smartphones. Entrée par la porte principale, ouest, elle fit face immédiatement à une flamboyance de sacs à main pour dames. Le personnel de boutique, composé pour la plupart de femmes, bougeait avec diligence ; celles qui étaient immobiles promenaient des regards alertes cherchant à faire un contacte des yeux avec les clients indécis, pour les décontracter et leurs offrir des conseils d'expert. La clientèle était clairsemée ; cependant la pose dans son mouvement faisait sentir l'exigence et la confiance. Paris se fondit dans le mouvement et avança dans le sens contraire des aiguilles d'une montre. Une senteur de cuir tanné infiltra ses narines, elle l'aspira à plein poumon comme pour s'en étourdir éternellement...

Les présentoirs et les étagères peuplés de sacoches féminines sont rangés par marque de styliciens. Se succédaient : - Givenchy qui offrait des coupes souples avec des teints sombres et vifs mis en équilibre, - Lanvin en coupes compactes dans un ton gris pâle, - Balenciaga dans un style épuré aux couleurs sobres,- Proenza faisait dans des formes compactes avec des bariolés de sombre et de vif, - Chloe affichait des formes souples avec une dominance de couleurs pâles, -Miou Miou avait des dessins compacts avec des couleurs vives, et Celine offrait un accent de rouge vif en des coupes épaisses avec des lignes épurées.

L'approche de Paris vers la collection de Céline déclencha un large sourire commercial chez la dame qui s'occupait de ce stand. Bien que le sourire de la dame soit juste commercial, Paris avait détecté de la sympathie dans ses yeux pétillants. Aux côtés de la dame se trouvait un monsieur d'une élégance extrême. Avec juste peu de risque de se tromper, Paris devina qu'il devrait être un homosexuel ou un transsexuel. Car alors qu'il fut déjà très bien habillé, il avait mis un soin exquis à sa coiffure et son visage paraissait visiblement maquillé à perfection avec un fond de teint léger très bien uni, ses sourcilles et ses lèvres étaient sobrement mis en exergue avec un ton de crayon plus foncé.

Il s'affairait et parlait ; sa voix était suave et cloisonnée entre le féminin et le masculin et diffusait une autorité convenue sur son entourage. Il paraissait donner des instructions ou fournir des informations aux femmes autour de lui qui y réagissaient avec allégresse et empressement. Il devrait être le superviseur du plancher. Sa corpulence un peu forte ne l'empêchait nullement de faire des vas et viens fluides entre les stands des différentes collections ; il avait une prestance consommée. Son attrait, son énergie et sa sympathie étaient assez communicatifs et impulsaient une dynamique harmonieuse à tout le personnel dans cette section de la super boutique, les dames surtout.

Cette ambiance fit rêvasser Paris dans un songe où elle se formait l'opinion que le jour, dans un futur proche ou lointain, où les préjugés contre les homosexuels et les transsexuels reculeront suffisamment dans les mentalités de la majorité, les grandes entreprises trouveraient peut-être une belle opportunité pour utiliser facilement les services des plus intelligents et plus ambitieux de cette catégorie sociale pour décupler l'efficacité du leadership consensuel entre les genres … Son esprit n'avait pas fini de former l'entière opinion lorsque la voix de la dame qui s'occupait du stand Celine interrompit sa méditation en lui demandant poliment si elle aurait besoin d'une aide quelconque.

Paris sourit, la remercia et demanda à voir une sacoche de taille moyenne qu'elle doigta sur la deuxième étagère du stand. La dame retira la sacoche et la posa coquettement sur le comptoir et invita jovialement Paris à l'apprécier. Elle donna des explications sur le modèle, la matière, le volume, la forme et l'usage etc. Paris demanda le prix. L'assistante de vente trouva la languette où le prix était affiché et lut « Sept mille dollars ». Puis elle ajouta dans la foulée « Pas mal comme prix, c'est un très bon choix, je vous la recommande ». Paris effleura la sacoche de la paume et du dos de sa main fine, la souleva pour en inspirer la senteur de cuir véritable puis l'adopta sans autre requêtes. Elle régla l'achat et reçut toutes les félicitations et les remerciements du personnel.

Elle sortit. Elle traversa l'avenue pour jeter un coup d'œil admiratif à la vitrine de la boutique Louis Vuitton qui illustrait des articles saisonniers raffinés et clinquant d'or. Elle se promit d'y revenir à une autre occasion et traversa la 57e Rue pour se rendre en face dans la boutique de Tiffany & Co.

Dans Tiffany & Co, sanctuaire des bijoux diamantés, sa quête l'introduisit à une véritable gemmologie. Elle cherchait le meilleur ensemble de collier avec pendentif et des boucles d'oreille qui puissent faire plaisir à sa chère maman pour son cinquantième anniversaire. Alison, sa maman est une perfectionniste en matière d'élégance et ne se contente jamais du juste beau, elle n'a de goût que pour la brillance superlative. Tiffany & Co. est la boutique experte qui offre ce genre d'exigence. Le personnel très connoisseur y est bien dédié.

Paris fut chaleureusement accueillie et courtoisement assistée dans sa recherche. On lui indiqua le troisième étage. Elle s'en sortit avec un ensemble de collier avec pendentif en platine diamanté et des boucles d'oreilles en gemmes d'une clarté inouïe presque sans couleur faits dans une coupe aux proportions délicates. C'était un joyau réputé pour la qualité dont même le cercle princier d'Angleterre raffolerait. Et pour se laisser convaincre de la valeur de ce qu'elle venait d'acheter, elle écouta la lecture courtoise d'un extrait du livret vert de la gemmologie à Tiffany & Co ; lecture qui fut faite par un élégant assistant de vente dont l'age mûr et la pause gestuelle convoyaient une expérience affermie ; c'est toute une poésie :

Ces gemmes en coupes rondes étincelantes ont 57 ou 58 facettes alignées avec précision et fonctionnent dans un unisson géométrique absolu.

Les facettes sur la couronne -en haut- fonctionnent comme des fenêtres, convoyant la lumière vers le cœur de la gemme. Les facettes sur le pavillon - en bas- reflètent la lumière dans un aller et retour en cascade jusqu'à ce qu'elle ne jaillisse à travers la couronne comme un feu éclatant.

Elle ne put contester cet éloge magnifique vu l'effet irrésistible manifeste que le produit exerçait sur elle-même. Elle régla l'achat avec sa carte électronique et partit toute satisfaite. Toute la gamme de boutiques chiques qui bordaient la 5e Avenue depuis la 50e Rue jusqu'à la 60e Rue l'invitaient toutes par les attraits savamment aguicheurs de leurs vitrines. Mikimoto, Prada, Gucci, Pucci, Armani, Rolex, Fendi, Tomi Hilfiger, Quartier, Dolce & Gabbana et bien d'autres ne la laissaient pas indifférente. Mais elle ne put foncer pour les dévaliser en ce jour, son porte-monnaie le lui permettait largement, mais son humeur la retenait et lui dictait du remord car de Trouble, le chien magnifique perdu, elle n'en savait pas encore le sort.

Béguin à l'Infirmerie

Le soleil était sur le point de disparaître derrière le barrage hermétique des gratte-ciels du Midtown West Manhattan lorsque les services paramédicaux et la police s'affairaient autour de Demouth au coeur de la verdure boisée du Ramble. L'ambulance ne pouvait pas accéder au Ramble à cause de l'étroitesse du sentier et avait stationné à l'entrée sud du Bow Bridge. Des bandes plastiques jaunes avec inscription *Passage interdit* étaient attachées à des arbres en amont et en aval du sentier par la Police, signalant ainsi le barrage momentané du chemin d'accès au lieu du crime pendant que les premiers soins et les prélèvements d'indices se poursuivaient.

Demouth fut placé sur une civière et transporté dans l'ambulance. Soudain, au moment où la porte de l'ambulance allait être fermée sur lui, un grognement se fit entendre de par derrières les deux agents paramédicaux. Ils n'eurent pas le temps de tourner la tête pour repérer l'origine de cette gronde surprenante, qu'un bolide en peluche blanche les traversa en les bousculant au niveau des coudes pour aller se loger sur le corps inconscient de Demouth. L'atterrissage mou du corps volant sur le corps inerte dans l'ambulance déconcerta tout le petit monde. La clameur et les gesticulations de surprise et de peur des agents de secours médical autour du véhicule alertèrent les policiers qui accoururent. L'incident sortit aussi Demouth de son évanouissement. Il remarqua d'abord avec consternation l'être qui venait de lui tomber déçu et qui s'activait à se mettre en position confortable dans le véhicule truffé d'équipements sophistiqués de toute part.

« Gosh, le chien ! » gémit-il en écarquillant les yeux. « C'est mon chien, euh … je voulais dire le chien que j'ai trouvé ce matin, continua-t-il. » L'envi le prit de lever le bras pour toucher et cajoler le chien, mais il sentit avec regret que ses bras étaient prisonniers dans des sangles solides. Il comprit qu'il était sous surveillance médicale d'urgence en ce moment ; il se ravisa et soupira profondément.

« Le chien est ok, laissez-le avec moi s'il vous plaît » dit-il au bout du soupir. Mais en ce moment les policiers avaient déjà empoigné leurs armes à feu et étaient prêts à mettre le chien hors d'état de nuire.

« Que voulez-vous signifier ? lui demanda l'un des policiers, l'air très mécontent.

- Je veux dire que le chien était avec moi, il était en ma compagnie quand nous avons été attaqués par un méchant individu. Avez-vous vu le brigand ? il est très féroce !

- C'est votre chien ? lui demanda le policier.

- Je dirai non, mais il est avec moi depuis ce matin, je suis devenu son maître fortuitement » répondit-il d'une voix pâteuse ».

Ayant repris son esprit, après la frayeur causée par le chien, l'un des paramédicaux fit remarquer à l'endroit de Demouth :

« Le Chien ne peut pas être à vos côtés pendant que nous vous transportons à l'hôpital. Le protocole médical ne l'admet pas.

- Pourquoi ?

- S'il vous plait monsieur, c'est ainsi.

- Si vous n'admettez pas le chien à mon côté, alors laissé moi descendre de cette sacrée ambulance, et je rentrerai chez moi malgré tout » protesta Demouth dans une colère subite. Et sur ces paroles amères il se surpassa par réflexe dans un effort musclé pour se dégager des entraves qui le retenaient à la civière. Son effort de libération fut vain. Il se rallongea, ferma nerveusement les yeux dans une grimace souffreteuse sous le coup d'une douleur lancinante qui naquit au creux de son épaule droite.

«Vous devez rester tranquille, Monsieur, pour éviter des complications de votre état. Nous trouverons une solution pour le chien. Mais le plus important c'est de vous sauver la vie, lui conseilla le paramédical.

- Oui mais à côté du protocole il y a le bon sens qui autorise des discrétions en cas particulier. Je dois garder le chien ici, il n'est d'aucune menace pour vous, je vous en rassure. Avez-vous repéré mon agresseur ? C'est une crapule très redoutable, l'avez-vous vu ? demanda Demouth à nouveau.

- Non, mais la police se charge de cela. En attendant nous vous conduisons à l'hôpital.

- Je dois parler à la police !

- Ce sera après ; allons ! rétorqua le paramédical ».

Les policiers s'éloignèrent de l'ambulance pour s'occuper de l'inspection des lieux ; leurs récepteurs crépitaient d'informations et d'instructions croisées ; des notes se prenaient, des objets étaient méticuleusement examinés alentour. L'ambulance démarra au moment où des journalistes débarquaient sur les lieux avec leurs attirails de caméras, de micros et de calepins.

Demouth, le chien et les deux paramédicaux, bien installés dans l'ambulance quittèrent près du pont Bow Bridge. L'infirmerie mobile mit son alarme méga sonore en marche. La sirène déchira la quiétude de la vaste verdure, les chants d'oiseaux et le souffle mélodieux du vent furent noyés à regret dans cette tonitruance électromécanique. Le véhicule tourna à droite, suivit la rive sud-ouest du Lac, tourna à gauche, avança sur la colline du Cherry Hill, tourna à droite en direction du Strawberry Field, pris la gauche puis la droite en contournant le Strawberry Field et déboucha sur la sortie du parc au carrefour de la 72e Rue et le Central Park West. Elle passa devant la grande et mythique résidence du Dakota et accéléra vers Colombus Avenue. Le soleil au loin à l'horizon, au-delà du Hudson River, rentrait son dernier rayon pour s'assoupir derrière les collines rocheuses du New Jersey. Une nuit torride descendait sur Manhattan.

Demouth se réveilla sur un lit d'hôpital. La nuit avait un peu avancé. Sa mémoire reconstituait progressivement avec anxiété les événements de la journée. Son corps lui sembla vigoureux. La légère douleur à la tempe gauche ne l'inquiéta guère. Le défilement rapide des pensées dans son esprit se figea net sur l'idée de ce qu'il en était advenu du chien pendant que lui il était endormi. Il promena le regard dans la chambre immaculée de l'hôpital où il se trouvait isolé et ne vit aucune trace du chien doué. Il chercha un indice ou un moyen de parler à quelqu'un. Il trouva un bouton de sonnerie d'alerte à côté des interrupteurs électriques au chevet du lit. Il appuya nerveusement sur la sonnerie, longuement plus qu'il n'en fallait. Il attendit à peine une minute et des pas approchant résonnèrent dans le couloir. La poignée tourna, la porte s'ouvrit et une infirmière entra. Demouth la fixa pendant un instant sans rien dire, mais l'infirmière affichait un sourire professionnel de compassion et de mise en confiance.

Elle lui demanda s'il se sentait mieux. Il acquiesça de la tête et demanda tout dru où se trouvait le chien. Elle répondit qu'elle n'avait pas connaissance de l'endroit où le chien se trouvait en ce moment mais supposait que le service de réception devrait en être déjà informé. Elle lui promit de s'enquérir auprès d'eux à propos du chien. Elle informa ensuite Demouth qu'il devrait rencontrer la police dès la matinée si son état le lui permettait pour faire une déposition. Demouth lui répondit qu'il voulait partir tout de suite de l'hôpital et que son état était tout à fait normal. L'infirmière fit « Non ! » et lui révéla que l'hôpital avait dû contacter son ami dont il avait donné le contact téléphonique pour urgence dès son arrivée à l'hôpital et que cet ami devrait venir avant qu'il ne quitte les lieux.

Demouth se mit debout avec la résolution d'aller récupérer le chien. Mais l'infirmière, d'un ton aimable comme une mère conseillerait son enfant ou comme une amante amadouerait son galant homme contrarié, le pria de se rasseoir. Ce ton attentionné l'affecta et le décida à rester. Il ne se rassit pas pour autant.

Le ton persuasif de la femme le poussa à lui accorder plus d'attention. La rancœur qui l'habitait à propos des événements incongrus qu'il avait subis au cours la journée s'éclipsa et laissa venir en surface un penchant d'amabilité envers la personne en face de lui. Il considéra mieux l'infirmière dans son apparence. La jeune adulte portait le nom de Roseline Camdon sur le badge pincé à son uniforme bleu azur impeccablement ajusté au corps mettant en valeur ses courbures d'épaules, de corsage et de croupe.

Demouth avança plus près de la femme, s'efforça d'avaler une mince salive pour s'éclaircir la voix et déclara :

« Mon nom est Napoli Irrola, et je réponds aussi plus affectueusement au nom de Demouth. Cela remonte à quelques mois, je suis devenu un pauvre type, mais je ne suis pas un homme désespéré. Je suis trop digne pour me laisser aller aux désespoirs ou aux illusions créées en nous par les circonstances hasardeuses de la vie. Je vous remercie pour votre assistance et vos soins ». Pendant cette déclaration presque inopinée, il fixait droit l'employée médicale dans les yeux et s'apercevait de sa beauté exotique. Il supposa qu'elle devrait avoir une origine hispano-asiatique, des Philippines très probablement.

L'infirmière soutint son intense regard sans sourciller et, en plus, lui renvoyait un sourire pincé à gauche sur ses lèvres menues légèrement crayonnées en mauve. Un seul pas les séparait. Elle émettait une douce fragrance inconnue de lui et qui subitement l'enivrait et l'envoûtait avec perfidie, l'attirait irrésistiblement. La jeune femme tendit la main gauche et toucha Demouth au coude droit, y appliqua une saisie légère puis une poussée modérée vers l'avant en direction du lit. La paume tiède et lisse de la fine main féminine fit monter d'un cran la tension corporelle de Demouth. Il se troubla une seconde et se ressaisit, perdit contrôle encore de sa lucidité et poussa un juron intérieur. Son sang se précipitait des extrémités de son corps vers son bassin. Et dans ce flux intérieur irréversible, sa puissance d'homme se vida de sa tête, de ses bras et de ses jambes pour se concentrer en son membre du milieu. Sa virilité primitive s'intronisa sans qu'il ne l'eut convoquée.

Il eut une euphorie naissante, et l'envie le prit de réagir comme un homme de pleine vigueur face à la tentation sensuelle et oser le geste. Il glissait sur le versant du pur acte charnel. Mais sa raison amincie par la circonstance et néanmoins vigilante l'avertissait d'un probable naufrage. Il fit un effort ultime pour se refuser encore une fois la chose et prit une profonde inspiration puis se retint dans une apnée prolongée avant de se relâcher dans un long soupir. Sa raison s'émancipa dans ce relâchement et lui ordonna la maîtrise des pulsions. Il tempéra. La pression de main excitante de la ravissante infirmière l'amena tout doux près du lit. La main tiède devint plus ferme sur son coude et le tira vers le bas. Demouth ne résista pas à cette invitation à s'asseoir sur le lit. Le sourire de la jeune femme s'accrut et laissa apparaître une rangée parfaite de minces dents en ivoire éclatante. Ce fut comme une illumination projetée dans son esprit. Le charme innocent de l'infirmière allait lui être fatal. Sa tension de luxure revint à la surface. Ses nerfs se tonifièrent à nouveau dans toute leur ardeur. Sa raison allait succomber, il se culpabilisa avec embarras.

Son corps et ses sens urgeaient l'action, mais l'institution et la loi civiles opprimaient cette passion. Il ne put même pas se donner le courage de dire quelques mots affectueux à l'endroit de cette belle et gentille personne qui le traitait avec tant de soins et réveillait en lui des dons endormis. S'il le fit, il risquerait de tomber sous l'accusation du harcèlement sexuel. Un seul mot sensuel, même bien intentionné, peut être interprété à tort et lui attirer des ennuis avec la loi civile. Demouth se résigna avec grand effort de raisonnement et enfouit instamment sa flamme charnelle sous les décombres souterrains de son subconscient. Dans son for intérieur, il ne s'avoua pas vaincu pour autant.

L'infirmière se détacha de lui d'un pas en arrière et lui déclara :

« Mr Demouth, mon nom est Roseline et je suis de garde ce soir à votre soins, comme vous devez le constater. J'estime que vous devez être affamé présentement. Je vais sortir vous trouver quelque chose pour dîner.

- Ah, merci madame, euh… oui je souhaiterais quelque chose non pas seulement à mettre sous la dent, mais quelque chose de consistant pour vraiment redresser mon estomac très froissé. Je vous avoue que de toute la journée, je n'ai rien mis sous la dent. J'ai l'estomac vide et amer, répondit Demouth à cette suggestion venue à point nommé.

- Je vous crois, et je devine qu'il vous faut un dîner digne d'un prince d'Orient ; je pense à un veau entier sur un plateau d'or, plaisanta la jeune dame en souriant encore extensivement. Ses belles dents éclatantes étincelèrent encore sur les yeux de Demouth. Il fut de nouveau ébloui d'envie.

- Avez-vous besoins d'autres choses à part la nourriture ? ajouta la jeune femme.

- Madame, vous avez du charme, votre attirance me domine, me séduit ; je ne peux me retenir, je ne peux vous le cacher. Et... vous savez ? si la providence m'avait légué au moins vos belles dents, je ne manquerais pas un seul instant de les gratifier de beaux menus succulents. Et si j'étais un prince d'Orient comme vous vous en amusez, une seule côtelette de veau rôti me suffirait largement pour chaque jour ».

Il s'obligea en retour d'un sourire amusé à l'attention de l'infirmière tout en restant incrédule de la justesse courtisane de ses propos. La jeune dame *inespérément* flattée dit un merci poli, posa une main réconfortante sur l'épaule de Demouth, lui massa l'épaule en deux secondes et sortit de la chambre en prenant soins de refermer la porte avec douceur. Demouth s'étendit de tout son long et en croix sur le lit, se relaxa et se félicita de cette grande victoire sur lui-même et aussi du modeste succès auprès de la jeune dame corporellement sublime et divinement affectueuse. Il retourna tranquillement à ses pensées avec moins d'anxiété.

Mais la tranquillité des lieux fut soudainement brisée par la stridente sirène d'une ambulance qui démarrait de l'enceinte de l'hôpital et s'en éloignait dans un vacarme infernal. Demouth se raidit et redevint soucieux.

La Piste s'ouvre à Paris

Paris, de retour du shopping, se prépara rapidement car le temps avançait vers la cérémonie de lever de fonds au siège des Nations Unies à laquelle elle était conviée. Elle enfila prestement sa toilette et en guise de touche finale pour accentuer le tout, elle vaporisa sobrement un Tom Ford Lys Fume, une eau de parfum de cinquante millilitres qui lui avait coûté deux cent cinquante dollars à la chique boutique de Lord & Taylor sur la 5e Avenue l'été dernier. Elle sortit.

Une légère exhalaison de liqueur éthérée évoquant confusément les fleurs de narcisse, d'hyacinthe, de rose et de lily flotta dans l'air et emplit tout l'appartement. Dans l'ascenseur, la paroi aluminée et polie lui renvoya son image un peu flouée. Mais elle aima encore plus la combinaison bleue minuit du tailleur avec le rose orangé de la jupe droite coupée juste à la naissance du genou ; elle se réjouissait aussi du confort des chaussures en crêpes aux talons plats faites dans le même ton que la jupe. Les accessoires diamantés, à valeurs onéreuses, qu'elle portait aux doigts, aux poignets, aux oreilles et dans les cheveux luisaient d'un magnifique princier. Son porte-monnaie de cuir ciré, du même ton que celui du tailleur, flashait un insigne doré de Dolce & Gabbana. Elle avait la pleine assurance que son apparence refléterait son rang au cours de la soirée. Mille yeux la distingueront et feront la révérence de circonstance, estimait-elle.

La spéciale *strech limousine* beige de marque Cadillac, longue de six mètres, qui lui était accommodée par la conciergerie démarra et s'engagea sur la 72ᵉ Rue dans le sens ouest-est, traversa la Madison Avenue et tourna à droite sur Park Avenue allant vers le sud. Paris était assise au fond du compartiment passager complètement séparé de la cabine chauffeur. L'intérieur du véhicule était tapissé de cuir beige et pourvu d'un bar bien garni, d'un écran de télévision avec télécommande et aussi de deux tablettes tactiles sécurisées avec des filins ultrafins insécables. Mais Paris ne tirait plaisir aucun de ces facilités et conforts intérieurs du véhicule de prestige, car la disparition de Trouble l'angoissait plus que tout.

Elle n'avait pas encore reçu un *feedback* de la tante McDonnell concernant les investigations qu'elle menait auprès des agences de récupération des chiens et chats égarés. La limousine passa devant le siège de Colgate à la 49ᵉ Rue, puis devant la fastueuse Waldorf Astoria Hotel et tourna à gauche sur la 46ᵉ Rue. Mais au moment où elle s'engageait sur la 46ᵉ Rue un cabriolet Nissan Murano s'aligna parallèlement à elle et le conducteur fit un signe au chauffeur de la limousine de s'arrêter. Ce dernier, étonné de cette requête venant d'un intrus, demanda à Paris si elle connaissait le conducteur de la Murano. Elle dit « Non pas du tout » et demanda au chauffeur de n'y pas prêter attention, de l'ignorer. Mais l'intrus semblait insister. Le chauffeur l'ignora et roula normalement jusqu'à la 1ᵉʳᵉ Avenue et gara la limousine au Dag Hammarskjöld Plaza en face du siège des Nations Unies.

Le chauffeur sortit, fit le tour de la Limo et s'apprêtait à ouvrir la portière à Paris quand ils remarquèrent que la Nisssan Murano les avait suivis. Alors, Paris se retint de sortir. Le conducteur de la Murano gara son véhicule derrière la Limo, sortit et dit poliment bonjour au chauffeur. Il sortit une carte de visite de la poche et le tendit au chauffeur et requit courtoisement :

« Monsieur, pouvez-vous remettre la carte à madame s'il vous plaît ? » En ce moment, Paris eut le temps de reconnaître le personnage. C'était 'l'Étalon Noir', le séduisant jeune homme inconnu qui était venu à la résidence au cours de la matinée et demandait à la voir. Elle devint nerveuse et tourna le regard dans la direction opposée. Le chauffeur lut la carte remise pas l'inconnu et s'adressa à Paris :

« C'est un ancien Marines, Madame.

- Comment le savez-vous ? demanda Paris.

- C'est ce qui est écrit sur sa carte de visite.

- Une carte de visite n'est pas une preuve d'identité, s'il vous plait, rectifia Paris ».

Sur ce fait, l'inconnu s'avança et déclara d'un timbre vibrant :

« Madame, je sais comment trouver votre chien. Et si vous voulez le retrouver au plus vite, veuillez croire en ce que je vous dis !

- Qui êtes-vous au juste ?

- Vous avez reçu ma carte depuis ce matin. Mais vous n'avez pas cherché à savoir qui je suis. Vous avez perdu trop de temps déjà pour retrouver votre chien. Je suis un détective privé ».

Paris resta pensive un instant puis se décida.

« Je voudrais vous croire, mais quelle preuve me donnez-vous ?

- Si vous avez besoin de preuve, voici ma licence professionnelle, fit-il en tendant une carte plastique vert bleutée à Paris. Elle lut la carte et vérifia qu'elle était estampillée d'un sceau fédéral. Mais Paris ne se laissa pas convaincre entièrement par cet élément de preuve.

Néanmoins elle joua le jeu.

- Que me conseillez-vous? s'enquit-elle.

- Il nous faut d'abord convenir d'un accord et je me lance tout de suite sur la piste que j'ai trouvée pour récupérer le chien, informa-t-il.

- Avez-vous des termes d'entente à me proposer pour votre service ?

- Pas vraiment pour la situation présente. Mais pourquoi n'adoptons-nous pas un *gentlemen agreement* ?

- Et comment cela marche-t-il ?

- Je vous emmène récupérer votre chien et vous m'offrez un ticket pour la finale de baseball entre les Yankees et les Red Sox la semaine prochaine. Je suis un grand fan des Yankees ».

Sans mot dire Paris sortit de la Limo, fit face à l'homme et le toisa discrètement. La stature athlétique de ce dernier, l'élégance simpliste de sa tenue et son sourire pincé firent un brin d'effet sur elle. Cependant son interlocuteur bien qu'ayant remarqué de vue et d'odorat l'opulence distinguée de sa toilette ne sembla pas affecté par cet imparable charme féminin extérieur, il parut plutôt préoccupé à la sonder de l'intérieur en la fixant droit dans les yeux pendant plusieurs secondes. Elle offrait juste sa parure, sa personnalité ; mais lui il cherchait plutôt à la pénétrer dans son être, dans son caractère. Ce court instant d'inspection fusionnelle fut interrompu par le chauffeur de la limo qui, après avoir fermé la portière coulissante du long véhicule, demanda des instructions à Paris. Elle lui indiqua d'attendre sur place, et s'adressa au détective :

« D'abord, comment avez-vous su où se trouve le chien ?

- Je ne sais pas exactement là où le chien se trouve actuellement mais je sais qu'il est détenu par un homme non identifié. Demain matin, vous lirez dans la presse que votre chien a été aperçu en compagnie d'un homme dans Central Park. Et que l'homme non identifié a été sauvagement agressé par un inconnu qui voulait le dépouiller du chien et … je ne sais quoi encore ».

Cette révélation bouleversa Paris et lui fit soupçonner que le pire qu'elle redoutait ne fusse déjà arrivé ; quelqu'un avait dû reconnaître le chien et chercherait à le prendre en otage contre une rançon, se convainquit-elle.

« Mon Dieu, je ne veux pas faire face à cela. Il faut l'éviter à tout prix ! lâcha-t-elle nerveusement.

- Éviter quoi ? interrogea le détective. À cette question, le cœur de Paris bâtit la chamade. Elle pensa que si elle s'expliquait au supposé détective à propos de sa famille et de l'identité du chien, il changerait d'avis sur leur *gentlemen agreement* et demanderait des honoraires élevés en rapport avec la fortune du chien. Elle décida de ne rien dire sur cela et donna une réponse vague :

- Éviter que le chien soit trop longtemps en compagnie d'un inconnu.

Elle était consciente de n'avoir pas convaincu le détective, mais resta sure d'avoir évité de dire la vérité sensible sur ce point.

- Vous êtes visiblement désespérée, Madame. Laissez-moi vous aider, j'ai juste besoin des pièces d'identité du chien pour commencer mes investigations. Et si vous n'avez pas confiance pour me remettre les pièces d'identité du chien, vous devez venir me seconder dans l'expédition.

- Cet instant particulier est très chargé pour moi. Présentement, je suis venue à une réunion de levée de fonds ici aux Nations Unies pour le compte d'une organisation d'aide aux orphelins nécessiteux de par le monde. La réunion débute dans la salle d'Assemblée dans un quart d'heure et j'y suis officiellement attendue comme donatrice de rang exceptionnel ; je dois d'ailleurs y remettre un chèque considérable. Je ne puis me permettre d'absenter et occasionner du désagrément aux hôtes.

- Madame, à vous de considérer ce qui est plus urgent, entre les orphelins nécessiteux de par le monde et le chien disparu qui est peut-être en danger de mort en ce moment précis » souligna le détective.

Paris fut vraiment confuse face au dilemme car elle se forma l'idée qu'entre le chien et les orphelins, le bon sens lui imposait d'aller servir les orphelins d'abord, mais le devoir de mémoire et la nature même de l'argent qu'elle donnerait aux orphelins lui imposait d'aller secourir le chien d'abord. Toute la fortune qu'elle avait en sa possession en ce moment et dont elle comptait faire donation d'une petite part à l'organisation humanitaire provenait d'un patrimoine amassé sur trois générations par ses grands-parents Edward Queensley et Lianna Queensley. Le chien Trouble était entièrement intégré comme un enfant à la famille Queensley pendant les dernières années de vie des deux patriarches. Et spécialement, la grand-mère Lianna lui avait confié la garde du chien avec une dotation conséquente. Ainsi vu à ses yeux, le chien, membre à part entière de la famille, devait prévaloir sur les orphelins inconnus d'elle.

« Allons sauver le chien d'abord, trancha-t-elle à l'adresse du détective.

- Alors vous venez avec moi ?

- Oui, mais avant de commencer je voudrais avertir ma tante et la prier d'informer le comité d'organisation de la levée de fonds que je suis empêchée par une urgence familiale ».

Elle ouvrit son porte-monnaie Dolce & Gabbana, y sortit un chèque signé dont elle prit une photo à l'aide de son *smartphone* et écrivit un court texte pour l'accompagner et l'envoya par email.

« Je voudrais, s'il vous plait, demanda-t-elle au détective, voir une fois encore votre licence professionnelle ». Celui-ci lui remit sa carte qu'elle photographia avec son Iphone, écrivit un court texte et l'envoya.

« Je viens d'informer ma tante. Elle enverra un service courrier express prendre le chèque à la résidence et le lui remettra à temps avant la fin de la levée de fonds. Pendant ce temps, nous allons nous occuper de sauver le sacré chien ».

Sur ce, elle congédia le chauffeur de la Limousine, dirigea un regard plein de regret vers le colossal, solitaire et reluisant palais de verre puis monta dans la Nissan Murano à côté du détective qui s'était déjà mis au volant et bouclait décisivement sa ceinture de sécurité.

« Vous pouvez m'appeler Jean ou capitaine Dorsinville ». fit le détective à l'endroit de Paris tout en gardant le regard fixé sur le trafic devant lui.

« À vos ordres capitaine » répondit Paris tout en bouclant sa ceinture de sécurité. Elle continua, « Mon nom est Paris, je ne suis pas native de New York, je suis Californienne de Los Angeles, alors capitaine à vous de trouver le chemin à New York. Allons d'abord à la résidence, que j'y laisse le chèque à la conciergerie ».

Le capitaine de réserve Dorsinville engagea énergiquement la Murano sur la Première Avenue, direction nord, passant en trombe devant la Trump World Tower, élégant gratte-ciel en marbre noir haut de soixante-douze étages où résident une flopée de millionnaires dont la star de baseball Derek Jeter.

Convergence
et Course-poursuite

Au bout d'une demi-heure, le chèque fut déposé à la résidence à la 5ᵉ Avenue et la Nissan Murano était revenue vers le sud et stoppa devant le pittoresque immeuble du journal Daily News sur la 42ᵉ Rue. Le capitaine Dorsinville attendit au volant, le moteur en marche. Il fit rapidement un appel téléphonique pour annoncer à l'interlocuteur sa présence devant l'immeuble.

Malgré sa nervosité, Paris se laissa subjuguer par l'immense globe en rotation visible qui trône dans le hall du bâtiment. Une dame charnue mais agile et sobre sortit de l'immeuble et remit au capitaine un papier qu'il lut en deux coups d'œil et démarra en trombe forçant un peu la priorité de circulation dans un crissement plaintif des pneus.

« Ils sont à Roosevelt Hospital » annonça-t-il à Paris en lui tendant le papier. Paris vit la photo d'un homme accompagnée d'une note manuscrite sur le papier. Elle lut le texte manuscrit à haute voix et distinctement comme pour se graver les lettres dans la mémoire:

« -Lieu : *Roosevelt Hospital sur la 10ᵉ Avenue. - Nom : Napoli Irrola dit Demouth.*- L'hôpital n'est pas loin j'espère, ajouta-t-elle.

- Non nous y serons dans dix minutes » Ils partirent en direction ouest vers l'hôpital.

Au moment où ils tournaient au coin de la 57e Rue et s'engageaient sur la 10e Avenue, une ambulance très pressée, sirène et feu d'alerte en marche, les croisa et les força, comme ce fut pour tous les autres véhicules, à ralentir et serrer contre le trottoir pour accorder le passage d'urgence. Tous deux, Paris et le capitaine Dorsinville rouspétèrent simultanément contre cette perte de temps obligée. Le capitaine redémarra, accéléra ensuite et alla immobiliser la Murano au plus près que possible, une cinquantaine de mètres, de l'entrée principale de l'hôpital. Ils sortirent au plus pressé et se renseignèrent du service des réceptions. En ce moment un véritable remue-ménage se déroulait dans l'enceinte de l'hôpital. Des agents de sécurité en tenues sombres s'activaient dans tous les sens tandis que certains personnels de santé affichaient des airs inquiets et échangeaient des locutions alarmistes.

Dans leur hâte vers la réception, Paris et le capitaine Dorsinville virent venir un homme qui courait, habillé de haut d'un simple sous chemisier blanc. Derrière l'homme, à une distance d'à peu près quinze mètres, une infirmière qui courait aussi, avec une bouteille d'eau et une chemise dans les mains, criait des protestations répétées « Non !non !non !... ». Elle semblait prier l'homme en course et essayait de le rattraper. Ce dernier dans sa course poussait des jurons « Les salauds, ils ont pris le chien ! les salauds, ils ont volé le chien !... » Il croisa Paris et Dorsinville en les bousculant presque et la dame en course derrière lui, tout essoufflée, l'avertissait « Mr Demouth faites attention ! attention ! s'il vous plait, revenez ! »

Le capitaine Dorsinville tourna sur ses talons à cent quatre-vingts degrés à la seconde et suivit Demouth. Il fut suivi de Paris et tous trois suivis de l'infirmière. On y crut voir deux couples hystériques en désespoir d'amour où les deux femelles désemparées cherchaient à retenir les deux mâles étourdis. Dorsinville rattrapa Demouth en trois foulées et essaya de le retenir par le bras mais Demouth se dégagea vivement avec protestation. Des agents de sécurité remarquèrent cette scène agitée et se déployèrent pour stopper le mouvement. L'un arriva à ralentir Demouth dans sa course en mettant les bras en croix pour lui barrer la voie vers la sortie de l'hôpital. Dorsinville retint finalement Demouth par le bras. Haletant, Demouth protesta avec cris et hargne :

« Laissez-moi retrouver ces salauds de voleurs de chien ! Ils ont même dérobé une ambulance en plus. C'est terrible. Il n'y a personne ici pour protéger un pauvre chien qui n'a juste besoin que d'une petite attention ? C'est déplorable ! je vais me plaindre, sérieusement. D'ailleurs le propriétaire de ce chien doit être un grand négligeant quelque part. Je suis en colère, vraiment en colère ! » Cette diatribe étonna la petite foule. Paris fit un pas vers Demouth et l'informa :

« Le chien m'appartient ». Toujours emporté Demouth riposta « Ah, comment vous appartient-il, ce chien ? Me voici finalement en présence d'un plaisantin qui me dit que le sacré chien lui appartient. Madame, ce chien vous appartient et vous l'avez laissé, un tel chien, abandonné pour mort au petit matin sous un immeuble ? Ah je vous plains madame. C'est pathétique quand même ! »

Le capitaine Dorsinville s'interposa entre les deux et suggéra:

« Nous devons rattraper cette ambulance. Allons-y vite Paris ! » Les deux se ruèrent vers la sortie pour quitter l'hôpital ; mais à peine deux pas, Paris revint et demanda à Demouth « Monsieur voudriez-vous bien nous suivre pour nous aider ? »

Demouth hésita, mais l'infirmière qui les avait rejoints entre temps l'encouragea d'un sourire appuyé d'un acquiescement de la tête. Courtoisement persuadé, Demouth se lança vers la Murano. Le temps qu'il s'installât sur le siège arrière, l'infirmière lui lança sur le siège la chemise, la bouteille d'eau et une Blackberry et les accompagna de la remarque :

« Tu n'as même pas eu le temps de manger, il faut boire de l'eau au moins.

- Et pourquoi le téléphone ? demanda Demouth, étonné, à l'infirmière

- Gardez le en attendant, je vais vous appeler là-dessus pour m'informer continuellement de la suite.

- Ah bon, c'est gentil, à bientôt alors, promit Demouth.

- Bonne chance, fit-elle.

- Oui, nous en avons plus que besoin » reconnut Demouth en se callant sur le siège arrière pendant que Dorsinville faisait les manœuvres de relance fulgurante du véhicule. La Murano fit un demi-tour sec et se propulsa sur la chaussée de la 9ᵉ Avenue comme un taureau de fer fou furieux lâché à l'assaut des fuyards dérobeurs.

Le capitaine Dorsinville maniant habilement le volant s'exclama :

« La police doit être déjà à leur trousse, puisque l'hôpital devrait l'avoir alertée de l'incident.

-Je ne souhaite surtout pas que la police et la presse soit en avance en cette affaire. Nous devons les devancer, pour l'amour de Dieu, implora Paris.

- Ah bon ? Pourquoi devancer la police et la presse ? fit Demouth.

- Parce que Trouble a déjà fait la une des commérages dans la presse, et je ne voudrais plus qu'elle en rajoute.

- Trouble… Trouble ?… Trouble ! Ah oui, je comprends à présent. Le chien doué que j'ai trimbalé dans Manhattan depuis ce matin n'est autre que le célèbre Trouble de la milliardaire Queensley ?

- Oui, mais je voudrais que vous soyez discret. J'ai besoin de votre aide pour retrouver le chien, mais j'ai aussi besoin de votre promesse de discrétion jusqu'au bout, s'il vous plaît, signifia Paris.

- Monsieur …, nous vous expliquerons tout cela après, ajouta Dorsinville qui de la main droite remettait son téléphone portable à Paris. Paris, s'il te plait, appelle ce numéro ». Elle s'exécuta. À l'autre bout, une voix répondit. Paris colla le téléphone à l'oreille de Dorsinville qui donna des instructions à l'interlocuteur à l'autre bout du réseau :

« Allo, oui Rego, accédez aux données fédérales de traque instantanée des plaques minéralogiques des automobiles et localisez le numéro d'une ambulance qui a été dérobée tout à l'heure dans l'enceinte de l'hôpital Roosevelt. Appelez donc l'hôpital pour obtenir le numéro de l'ambulance et cherchez le numéro dans la base de traque instantanée… Saisie ? ok merci. Communiquez-moi les données au plus vite ».

En ce moment Demouth prit le téléphone qui lui fut remis par l'infirmière et se livra à une recherche rapide dans la liste des contacts. Il trouva le numéro des services d'urgence de l'hôpital et le composa. Il s'annonça comme la victime qu'accompagnait le chien qui venait d'être emporté avec l'ambulance et pria qu'on lui communique le numéro minéralogique de l'ambulance. Un moment de patience et il répéta à haute voix le numéro qui lui fut communiqué après deux minutes d'attente.

Paris répéta mécaniquement le numéro à haute voix et relança le numéro de l'interlocuteur du capitaine Dorsinville. Quand l'appel fut décroché à l'autre bout, elle répéta à l'interlocuteur le numéro minéralogique de l'ambulance. Pendant tout ce temps, la Murano avait déjà traversé en longueur tout le quartier de Hell's Kitchen et était arrivée à la 33ᵉ Rue . Un bout de temps après, le téléphone sonna. Paris décrocha, écouta et mis rapidement le téléphone sur haut-parleur. La voix de l'autre côté déclarait « *Ambulance repérée sur la 34ᵉ Rue entre la 2ᵉ et 1ᵉʳᵉ Avenue ... Ambulance repérée sur la 34ᵉ Rue entre la 2ᵉ et 1ᵉʳᵉ Avenue.... Mouvement ouest-est* ».

Le capitaine Dorsinville embraya et passa en trombe sous les murs de la façade ouest du magnifique et ample bâtiment beaux-arts classique abritant le Bureau Central de la Poste. Un bâtiment de 1913 que quelques rares érudits de New York continuent d'appeler *La poste du Cardinal de Richelieu*. Dorsinville alla tourner à gauche sur la 30ᵉ Rue, vira ensuite à gauche sur la 8ᵉ Avenue, passa en trombe entre la façade Est du Bureau Central de la Poste et la façade Ouest de la grande arène cylindrique du Madison Square Garden.

Une longue queue de personnes entourant presque toute l'arène indiquait qu'il y avait une manifestation en cours. Demouth eut le temps de jeter un coup d'œil rapide à l'affiche géante placée haut au fronton de l'arène et vit la photo de Snoop Dogg. Il y avait donc un concert ce soir. Demouth imagina Snoop Dogg remplir et saouler les vingt mille places de la grande arène. La Murano s'immobilisa aux feux tricolores à l'intersection de la 8ᵉ Avenue et de la 34ᵉ Rue dans un arrêt qui parut interminable. En plus des feux tricolores, un agent féminin de la police routière régulait énergiquement la circulation dense et impatiente.

Au signal vert, Dorsinville tourna à droite s'engageant vigoureusement sur la 34ᵉ Rue en direction Est. Le haut-parleur du téléphone dans la main de Paris annonçait :

Voiture traquée se trouve en position immobile depuis deux minutes à l'entrée du Queens-Midtown Tunnel du côté de

Manhattan... Voiture traquée se trouve en position immobile depuis deux minutes à l'entrée du Queens-Midtown Tunnel du côté de Manhattan.

Cette annonce soulagea Paris, mais l'inquiéta en même temps car elle craignit que ce ne soit la police qui ait déjà appréhendé les malfaiteurs et donc récupèrerait le chien, ce qui risquait de vite alerter la presse.

Dorsinville eut une vraie difficulté à se frayer un passage de la 7e Avenue à la 6e Avenue à cause de l'affluence suffocante des passants et des véhicules sur la 34e Rue en ce point. Le grand magasin de Macy's, haut de ses onze niveaux, occupant tout le bloc entre les deux rues avec ses deux cent cinq mille mètres carrés, est la cause principale de cette affluence monstre presque permanente dans le quartier du Garment District. Au moment où la Murano traversait l'intersection de Broadway et de la 6e Avenue, la cloche de Herald Square sonna un "bang". Elle marquait ainsi dix-neuf heures pile. Ce son de cloche rappela à Demouth la chanson légendaire de Georges Cohan *"Give my Regards to Broadway, remember me to Herald Square"*. Mais il ne put la fredonner car son esprit était trop tendu en ce moment.

La 5e Avenue, colonne vertébrale des adresses dans la City fut traversée rapidement sans encombre grâce au calme très inhabituelle autour de l'Empire State Building. L'Empire State, colosse des colosses architecturés dans la métropole, dressé là tout rigide et resplendissant comme le dieu de la fécondité en plein éveil, ne connaissait pas en ce soir l'ordinaire affluence populeuse de ses adeptes pèlerins . Son alentour était décanté, sauf deux bus de Gray Line débarquaient quelques touristes médusés en chasse de fortes sensations urbaines.

Mais juste après, à la Madison Avenue, une congestion

de la circulation était visible. Tous les véhicules avançaient à une vitesse d'escargot. Le capitaine Dorsinville dû se livrer à un chassé-croisé pour gagner quelques dizaines de mètres d'avancée vers Park Avenue South. Dès cet instant, il ne put aller plus loin. Immobilisé, il eut l'idée de couper le moteur, sortir du véhicule et continuer la course vers le tunnel à pied. Mais les sirènes de police qui s'approchaient par l'arrière le dissuadèrent.

« Demouth, Paris, je pense qu'il vaut mieux que vous continuiez la course à pied vers le tunnel en attendant que je trouve une issue pour faufiler vers là.

- Ok, fit Paris en sautant déjà à terre.

- Alors là, prends ton téléphone, et donne nous ton numéro, proposa Demouth en sortant prestement du véhicule.»

Paris remis le téléphone à Dorsinville qui leur déclama en même temps les chiffres de son numéro de téléphone. Demouth composa et lança le numéro et le téléphone de Dorsinville sonna. Le contact était bon. Paris et Demouth partirent tout de suite à pas de course vers le tunnel à la 2e Avenue. En ce moment, trois voitures de patrouille de la Police de New York se frayaient nerveusement le chemin avec leurs sirènes stridentes et très intimidantes.

Au tunnel la circulation était bloquée sur deux des quatre allées entrantes. Rien ne bougeait. Demouth remarqua l'ambulance dans une position diamétrale à l'entrée du tunnel, barrant le passage. Des policiers s'activaient autour de l'ambulance. Demouth s'approcha plus près, Paris le talonnait. Il demanda à un automobiliste coincé proche de l'ambulance si la police avait attrapé quelqu'un. Le monsieur secoua la tête en signe de négation affichant un air de regret.

Demouth dégoulinant de sueur s'essuya le front en

s'aidant d'un pan de sa chemise. Paris, toute aussi en sueur haletait. Elle demanda au monsieur si la police avait récupéré un chien dans l'ambulance. Le monsieur répondit :

« Un chien ? Non, rien. Les portières du véhicule sont fermées. Les gens qui étaient dans l'ambulance ont rendu l'ambulance inopérable, ils ont emporté les clés du véhicule. Ils avaient des complices qui étaient venus les rejoindre ici et les avaient embarqués sur des motos à grande vitesse vers Queens.

-Nom de Dieu ! s'exclama Paris.

- Ce sont des brutes à pendre ! interjeta Demouth. Qu'est-ce qu'ils en veulent au chien au juste ? ajouta-t-il.

- C'est incroyable, ça devient très compliquée ! avança Paris tout en composant un numéro ». À l'autre bout du réseau, elle eut le capitaine Dorsinville et lui annonça ce qu'ils venaient d'apprendre :

« Ambulance vide, pas de trace des truands ni du chien !

- Repliez ! allons à la base, instruisit Dorsinville.

- Ok, nous revenons ».

Mailles Étanches sur La Pomme

Le cabinet de détective Dorsinville LLP se trouve au cinquième niveau dans un immeuble situé au cœur du quartier de Chelsea sur la 18ᵉ Rue entre la 7ᵉ et la 8ᵉ Avenues. La place ressemble à un vaste atelier converti en une suite de quatre bureaux séparés par des compartiments amovibles. Un escalier mène au sixième niveau où se trouve une grande salle de conférence aux murs tout blancs ; il trône au milieu de la salle une table ovale de bonne proportion en bois vernis entourée de chaises métalliques pivotantes à coussins confortables.

Il était vingt heures. Demouth, assis face à Paris et au capitaine Dorsinville, leur faisait la narration de sa rencontre fortuite avec le chien avant tout ce qui venait de se passer :

C'était au petit matin autour de cinq heures, quand Demouth descendit d'un bus de transport en commun MTA sur la 5ᵉ Avenue près de la 70ᵉ Rue. Il se dirigeait vers Park Avenue lorsqu'il vit le chien esseulé titubant, sur le point de s'écrouler. C'était un fait étrange. Curieux, Demouth ralentit ses pas pour constater de près ce qui arrivait au chien. Bientôt le chien s'étendit lourdement au sol, se couchant sur le côté, il manifestait des signes d'essoufflement. L'instant suivant, il sembla perdre toutes ses forces puis se relâcha comme évanoui. Demouth l'approcha par compassion et le toucha légèrement au dos. Le chien ne donna pas de réaction quand il fut tâté. Demouth regarda alentour pour déceler une présence humaine éventuelle en relation avec l'animal ; rien. Il patienta ; la respiration du chien devint de plus en plus irrégulière. Le chien se raidissait soudain et donnait des coup de pattes en détresse. Il semblait en agonie. Demouth le prit précautionneusement dans les bras et lui procura un massage de réanimation. Au bout d'un instant le chien revint à la conscience par enchantement. Demouth le garda dans les bras pour quelques minutes d'attendrissement et le remit à terre puis s'éloigna pour le quitter. Le chien tenait debout, mais avait l'air complètement étourdi et désorienté. Il voulut suivre Demouth. Demouth lui fit un geste doux de renvoi. Il regarda longuement Demouth et se détourna de lui à contrecœur, puis dans un égarement, il alla vagabonder dangereusement sur la chaussée de Madison Avenue. Heureusement que la circulation n'était pas encore saturée ce matin tôt ; au cas contraire, le chien se serait fait écrasé par des automobiles pressés. Demouth prit peur pour lui et alla le retirer de la chaussée. Il le retint avec lui sur place, debout sur le trottoir pendant près d'une heure, espérant que quelqu'un viendrait chercher et réclamer l'animal paumé. Personne ne se manifesta durant tout ce temps. Demouth prit soins de demander à quelques-uns des rares passants matinaux s'ils avaient une idée de l'identité du chien. Nul ne sut rien à propos de l'animal errant et étourdi.

Demouth devait partir au bout de ce temps car il devrait être à son rendez-vous avec Dogood. Il décida de garder le chien en attendant qu'une annonce de recherche soit publiée. Ou, s'il trouvait le temps, il irait le confier à un centre de récupération et de soin pour animaux de compagnie égarés.

Après le déroulement des faits ainsi présenté par Demouth, Dorsinville voulu savoir où exactement Demouth avait trouvé le chien. Demouth précisa :

« Je me dirigeais vers Park Avenue et j'ai rencontré le chien au coin de Madison Avenue et de la 71ᵉ Rue le matin très tôt vers 5 heures.

- On peut donc déduire que lorsque moi j'étais descendu de mon appartement après avoir remarqué depuis ma fenêtre la chute du chien à la fenêtre de Paris, le chien avait déjà pu se relever après sa chute et marcher péniblement ; mais puisqu'il était très sonné par la chute depuis le 9ᵉ étage, son état ne lui permit pas de retrouver le bon chemin. Il avait donc erré jusqu'à la 71ᵉ Rue par Madison Avenue, supposa Dorsinville.

- Très probablement, répondit Demouth.

- Le pauvre chien ! murmura Paris.

- Et quand j'avais remarqué, reprit Demouth, que le chien était d'un très bon teint exceptionnel, j'ai dû m'imaginer que c'était un incident traumatisant qui l'aurait mis dans l'état lamentable dans lequel je l'avais trouvé.

- Oui, assura Paris, il avait failli s'étrangler dans l'arbre qui se trouve sous ma fenêtre. Et ensuite ayant rompu la corde au cou, il a chuté à terre atrocement. Tout cela l'avait sévèrement assommé.

- Disons quand même qu'il est très coriace le chien !

- Mais sa faiblesse c'est qu'il ne peut pas résister à la vue de l'argent. Les billets verts le rendent surexcité et incontrôlable, affirma Demouth.

- Oui, ce sont les billets qui l'avaient sûrement attiré au bord de la fenêtre, compléta Paris. J'avoue que ma grand-mère l'avait habitué à ce jeu étrange de course après l'argent.

- Probablement que les billets de banque déposés près de la fenêtre avaient été poussés dehors à travers la fenêtre sous l'effet d'un courant d'air assez fort et que Trouble, ayant surpris les billets s'envoler, les avait poursuivis par impulsion à travers la fenêtre et tomba fatalement dans le vide depuis le 9ᵉ étage, élabora Dorsinville à la suite de Paris.

- C'est évident, dit Demouth. Donc quand vous étiez descendu pour le secourir et que vous ne l'aviez pas trouvé, vous étiez retourné tranquillement dans votre appartement, ajouta-il à l'endroit de Dorsinville.

- Oui, dit Paris, c'est ce qu'il fit.

- Oui, c'est ce que je fis, acquiesça Dorsinville puis continua : mais vu que la chute du chien et sa disparition mystérieuse m'avait profondément troublé, j'étais resté tout le petit matin à ma fenêtre pour guetter une présence humaine éventuelle à la fenêtre d'où le chien avait chuté. Et c'est durant mon guet à ma fenêtre que j'entrevis Paris à l'autre fenêtre deux heures après que le chien fut tombé. Et…

- Tu n'as pas besoins de dire le reste ! lui coupa Paris, un peu gênée par la suite.

- Oui je sais, je n'allais pas dire cette partie. C'est entre toi et moi n'est-ce pas ?

- S'il te plait tais-toi ! et sois sage ! lui intima Paris le pointant d'un index pudique protestant.

- Ok, fit Dorsinville avec un sourire très amusé.

- Il y a quelque chose que je ne dois pas savoir ? bredouilla Demouth un peu confus.

- *Never mind*, lui adressa Paris.

- Ok, *never mind*, reprit Demouth qui ajouta, de mon côté, vous connaissez déjà la suite depuis Wall Street jusqu'à l'hôpital en passant par Central Park ». Il les laissa tranquilles avec leur petit secret.

Paris, songeuse, défilait en mémoire le film des évènements du petit matin. Reconsidérant les faits, elle ne se culpabilisait plus d'avoir exposé involontairement par la fenêtre sa poitrine dévoilée en pleine chair aux yeux gourmands d'un inconnu. Son opinion avait changé quand elle sut la succession des incidents. Dès lors elle n'en voulait plus au capitaine Dorsinville d'en avoir croqué la pleine vue. Et comme elle l'avait déjà exprimé au capitaine pendant le trajet vers l'hôpital, elle avait cru à tort que c'était un voyeur pervers qui était à la fenêtre en train de l'épier. À présent, elle avait le capitaine dans son estime et faiblissait pour lui. Elle prit un souffle et brisa le silence momentané :

- Maintenant la situation est plus compliquée. Comment pouvons-nous nous en sortir capitaine ? Il me faut sauver mon chien.

- Il faut un plan d'opération rapide et efficace, annonça le capitaine. Les agresseurs sont suffisamment organisés et semblent avoir un objectif précis que nous ignorons. Mais notre seul but est de sauver le chien Trouble ; le récupérer avant que la presse ne l'identifie et ne s'empare du sujet pour en faire du chou gras qui risque d'embarrasser la noble famille Queensley, projeta-il.

- Il est bien probable, fit remarquer Demouth, que les assaillants aient déjà reconnu l'identité de Trouble et c'est cette raison qui les pousserait à agir. Ils sont dans une logique de rançonner la famille Queensley en échange du chien.

Ces suppositions désespérèrent Paris et décuplaient son impatience d'entrer en action.

- Alors, quel plan définissons-nous ? S'enquit-elle à l' endroit du capitaine Dorsinville.

- J'imagine un plan de maillage électronique de toute la métropole de New York. Nous allons convier tous les réseaux sociaux nécessaires : Facebook, Twitter, Instagram et autres. La maille se bâtira à travers les réseaux et en même temps sur les affinités communautaires dans la ville. Nous ne parlerons pas de Trouble mais juste d'un chien blanc quelconque. J'ai déjà convoqué trois de mes agents spéciaux de terrain. Ils viennent en appui à mon personnel permanent. Il nous faut encore une personne qui soit techniquement bien expérimentée et socialement bien connectée dans les relations sur les réseaux sociaux électroniques pour compléter l'équipe ».

- Je vais faire appel à mon frère pour nous assister à cette tâche, suggéra Paris. Elle continua, il vit ici à New York au quartier Grenwich Village et il est bien intégré dans beaucoup de réseaux sociaux par ici.

- Idée lumineuse ! complimenta Dorsinville ».

Paris appela sur le champ son frère. Dorsinville passa quelques coups de fil de son côté et parla ensuite au frère de Paris au téléphone de Paris pour lui donner quelques instructions spéciales à propos de Union Square. Demouth reçut un texte-message venant de l'infirmière, Roseline, qui voulait s'informer de la situation et annonça à Demouth qu'une chaîne de télévision diffusait des nouvelles sur l'incident du vol de l'ambulance.

« Le sujet est à l'actualité sur les télévisions ! » s'exclama Demouth à l'attention de Paris et de Dorsinville. Ce dernier se leva brusquement, pris son *smartphone* Samsung et activa l'option de télécommande sur le téléphone. Les écrans plats et larges de deux postes téléviseurs montés sur les murs de la salle s'allumèrent. Les informations passaient en boucle. Deux minutes après, une chaîne diffusait l'information qu'ils recherchaient :

Deux individus, probablement armés, avaient soustrait une ambulance dans un hôpital de Manhattan vers dix-neuf heures. Après une fuite effrénée dans l'ambulance volée, sirène et feux d'urgence en marche, sur plusieurs kilomètres dans diverses rues de la ville, ils avaient laissé l'ambulance à l'entrée du Queens Borough Tunnel. Ils ont pu s'échapper à travers le tunnel sur deux motos de gros cylindres à grandes vitesses. Ils avaient des complices qui les attendaient avec les motos à l'entrée du tunnel. Dans l'ambulance, rendue inopérable sur place par les malfrats, la police a découvert un paquet contenant une substance suspecte et rare qui pourrait être extrêmement explosive. La police poursuit activement les recherches pour arrêter les malfaiteurs.

Les deux dernières phrases de l'annonce sidérèrent Paris, Demouth et Dorsinville. Les faits prenaient une dimension plus confuse et terrifiante. Si des produits explosifs s'en mêlaient, ils seraient donc sur les traces de grands malfaiteurs. La police de New York City s'impliquera à fond dans cette aventure ; la police de l'État de New York aussi, le FBI et la CIA allaient aussi s'en mêler assurément. Dorsinville décida de mettre la chance du côté de son équipe :

« Je dois faire appel à un de mes amis officier de police de New York pour soumettre une requête administrative de collaboration sur cette affaire, souligna Dorsinville.

- Nous sommes plus concernés par le chien. Mais la police, vu les circonstances actuelles, s'intéressera plus à l'aspect de sécurité antiterroriste, indiqua Paris plus inquiète.

- Je sais qu'il existe des dispositions officielles de collaboration entre la police et la sécurité privée assurée par les agences et les détectives. Le capitaine Dorsinville doit en savoir mieux que moi dans ce domaine. Il me semble qu'il faudra utiliser ses dispositions légales pour demander à la police de nous fournir des données utiles si elle en trouvait, signala Demouth en avalant le dernier morceau de sandwich qu'il prenait en guise de dîner et premier repas de la journée.

- Oui bien sûr, c'est cette logique que je suis depuis le début et il nous faut la renforcer, précisa le capitaine de réserve ».

Sur ce, la porte de l'atelier s'ouvrit. Un homme de taille haute dont la tête touchait presque le cadre supérieur de la porte entra dans la salle avec un ample sourire qui révélait des dents qui soulignaient de deux solides traits blancs horizontaux la couleur foncée d'ébène polie de son visage ovale. « Je vous présente Touré Seik. Mon agent de terrain, Marines de réserve de l'Armée américaine ; actuellement converti en chauffeur de taxi les jours ouvrables et en vendeur de souvenir les week-ends. Dans notre milieu, nous l'appelons 'Le fantastique baroudeur africain'.

-Salut tout le monde, fit Touré en prenant place, Dorsinville et moi on s'est connus au *Military Academy at West Point* et nous avons combattu dans le même bataillon plusieurs fois en Irak puis en Afganistan. C'est un brave soldat ». À peine avait-il fini que la porte s'ouvrit encore et laissa entrer un homme de taille moyenne aux yeux bridés, aux muscles d'avant-bras très épais, plein d'énergie et marchant à petit pas rapides vers la table de conférence.

« Je vous présente Min Ho, l'intrépide chinois, déclara Dorsinville. » Il n'avait pas fini sa phrase que la porte s'ouvrit de nouveau et un jeune homme de tout noir vêtu s'immobilisa dans le cadre de la porte.

« Voici Jason, mon frère cadet » déclara Paris à l'attention du groupe. Min pivota instantanément sur ses talons, fit face à l'intéressé, le vit et s'exclama hardiment:

- Waw ! Jason est un Goth !

- Et toi tu es un Ninja, maître des arts martiaux et maître distributeur en gros de fruits et légumes à China Town, sous-officier réserviste du US Army en plus. Complimenta Dorsinville enthousiaste à l'endroit de Min. Min haussa trois fois la tête en acquiescement et déclara :

- On m'appelle le 'Chinois', mais je suis Vietnamien en réalité, Dorsinville le sait ».

Jason est mince et athlétique. Son accoutrement gothique lui donnait l'air d'un ange rebelle. Ses cheveux longs, noirs ondulant, tombaient sur ses épaules. Sa tunique flânant, longue jusqu'à la cheville était bariolée de lambeaux couturés. Le pantalon bouffant essuyait le sol et son T-shirt avait un imprimé de crâne aillé percé d'épée. Un collier en argent qui descendait de son cou richement orné de tatouages rouges noirs et verts finissait en milieu du buste et retenait un pendentif sculpté en crâne d'argent massif. Ses deux poignets étaient ceints de bracelets faits dans diverses matières : cuir, laine, argent et du fluorescent. Ses bottes de modèle Gravel hautes, d'une robustesse à toute épreuve de terrain l'élevaient sur près de trois centimètres et étaient bardées de multiples boucles en crânes et de chaînons clinquants. Il avait à l'oreille gauche une petite boucle dorée.

« *Hello sister*, comment vas-tu ? fit-il, toujours immobile sans expression dans la mine.

- Entre Jason, sois le bienvenu, invita Dorsinville, les bras amplement ouverts.

- Merci, et salut à tout le monde, reprit Jason. C'est un plaisir de vous rencontrer tous. Ma sœur m'a parlé de la situation. Je suis là pour joindre ma force aux vôtres, et si cela ne gêne pas, je vous annonce que la Police a déjà déployé ses hélicoptères de patrouille sur la ville, dans la zone de Queens surtout ; et toute moto grosse cylindrée à grande vitesse repérée sur les voies est suivie par des faisceaux de projecteurs depuis le ciel. Le bal a commencé, chers amis !

- Notre nuit sera longue ! » avoua Dorsinville tournoyant dans sa chaise pivotante.

Quand le groupe fut assis Dorsinville fit monter du cinquième étage trois de ses assistants permanents. Tony, Benny et Rego. Il promit que le troisième agent de terrain, Klein, rejoindrait le groupe avant peu. Tony et Rego sont des ingénieurs en technologie informatique et Benny est une technicienne de laboratoire.

En dix minutes, Dorsinville exposa une ébauche de plan. Les observations et apports des uns et des autres permirent de faire des ajustements rapides et un ficelage adéquat. Le plan de maillage était prêt. Rego alluma un projecteur Panasonic suspendu au plafond qui refléta un écran de quatre mètres sur deux contre le mur blanc sans teinte de l'atelier. Il composa rapidement un fichier PowerPoint qui illustra le plan de maillage tel qu'arrêté théoriquement. Les phases et les étapes, les cartes et les schémas, les outils et les équipements furent tous listés ou mis en image ; les ressources identifiées et évaluées. Cette visualisation adoptée, Dorsinville invita Jason à entrer en action.

Jason roula ses doigts agiles sur le clavier sans fil ultraplat mis en réseau avec l'IMac posé devant lui et connecté au projecteur. L'écran géant au mur fut rempli d'une page Facebook riche en images. Un défilement rapide parcourut plus d'un millier de visages de toutes les formes, de tous les genres et de tous les teints. Jason pianota fébrilement sur le clavier ; des lettres s'alignaient au tiers de seconde et des mots s'affichaient en se succédant à la seconde sur le méga écran :

Alerte ! alerte ! à tous mes amis, et s'il vous plait recopiez immédiatement à tous vos amis. Un prix de 50 000 dollars (cinquante mille dollars) est réservé à toute personne qui enverra la photo et la localisation précise d'un aimable chien recherché par le cabinet Dorsinville & Associés pour le compte de la propriétaire du chien. Envoyer l'image instantanément par vos téléphones ou autres appareils numériques au whitedog@dorsinville.com . Description : chien de peluche entièrement blanche et bouclée, taille moyenne, race maltes. Le cabinet Dorsinville & Associés est régulièrement enregistré auprès du

Département de la Justice et de la Sécurité privée.

Son annulaire droit boucla la frénésie de ses doigts en bloquant sur la touche entrée du clavier. Le message fut ainsi envoyé à plus de cinq mille correspondants dans son réseau d'amis sur Facebook. Ce fut la première phase de communication de masse du plan de maillage de New York. Twitter, Instagram, Myspace, Flikr, Fotki, Foursquare et autres suivirent.

Dialogue sur l'Action Juste et Sacerdoce à Jason

Demouth, face à ces développements de la situation, s'absenta d'esprit de l'atelier dans un court instant de rêverie réflexive. Il s'interrogea sur la nécessité pour lui personnellement de s'engager de tout cœur dans cette course folle, dans cette ruée de masse derrière un chien pour le sauver des mains de quelques malfrats pour indirectement préserver la tranquillité et la bonne image publique d'une famille de multi milliardaires. Le chien, fut-il spécial lui-même par son caractère, son intelligence et sa beauté, mérite-t-il tant d'attention ? Que de sacrifice de temps, d'émotion et d'argent il va y avoir, voire des risques de vies humaines ! Lui-même, Demouth, il est déjà la première victime physiquement agressée dans cette histoire qui manque toujours de donner un sens.

Pendant que Demouth était absorbé dans ses réflexions, Dorsinville se leva, perturbant ainsi sa méditations, et déclara :

« Paris et moi nous allons au Apple Store de la 5ᵉ Avenue nous approvisionner de l'équipement additionnel nécessaire à l'opération. J'espère que dès notre retour chaque

148

équipe aura suffisamment avancé dans l'étude de la cartographie routière et du zonage des cinq contrées. Demain nous devrons investir ces zones très tôt le matin.

- Allons-y, vite s'il te plait, pria Paris ». Ils partirent et Demouth se replongea dans ses questionnements silencieux.

Le chien avait reçu en héritage dix millions de dollars liquide dans un compte en banque. Sa propriétaire défunte, la milliardaire Lianna Queensley avait-elle tous ses sens ? Était-elle saine d'esprit quand elle prenait une telle décision ? Quelque riche que l'on soit, est-il raisonnable de donner une telle somme d'argent à un chien juste pour son entretien, son alimentation, ses soins de santé et de divertissement ?

La presse avait publié, dès la mort de Lianna Queensley, que son chien héritier Trouble mangeait dans des assiettes en or, qu'il avait un docteur particulier qui venait à temps régulier le consulter et le soigner à domicile, qu'il avait un service promeneur qui venait le sortir matin et soir pour le divertissement, qu'il dormait en chambre climatisée… Quelle vanité ! Des millions de citoyens travaillent honnêtement avec ardeur toute leur vie sans pouvoir épargner un seul million. Mais un chien de famille riche reçoit ironiquement dix million de dollars en héritage !

Pourquoi accorder plus de valeur à un animal qu'à un être humain ? Lianna Queensley, propriétaire du chien, avait exclu Jason son petit-fils du partage d'héritage parce que Jason a adopté un style de vie marginal. Jason est un Goth. Les Goths sont-ils moins que des chiens ? Que dire des Hippies, des Rastafaris, des Punks, des Roms et autres Tziganes, etc. valent-ils moins que des chiens parce qu'ils ne pensent pas comme la majorité des gens en ce qui concerne la façon de s'habiller, de traiter leurs corps, de se nourrir, de s'abriter et de travailler, de croire et d'adorer, ainsi de suite?

La richesse immense rend-t-elle l'être humain si obtus parfois ? L'argent et la puissance matérielle rendent-il si étroit d'esprit que l'on en arrive à croire que sa vision du monde, son style de vie constituent la seule option pour toute l'humanité ? Demouth soupçonnait même que la vieille milliardaire aurait été capable de renier un membre de sa famille si ce dernier se fût révélé dans la catégorie des gay-lesbiens ou transsexuels. Mais le reniement ou la discrimination résout-ils ces questions sociales qui ne font que parties intégrantes et permanentes de la nature humaine?

Sur ces questionnements méditatifs, Demouth leva les yeux et regarda fixement Jason qui était concentré en ce moment sur l'étude des cartes de la métropole de New York City tout en surveillant l'activité de sa page Facebook à travers des *tchats* excités et hardis suscités par son message de ralliement.

Demouth perçut que Jason était content et heureux de son choix. En tant que Goth, Jason avait une apparence qui le plaçait à la marge de la société sans toutefois le mettre hors la loi. C'est ce qui était plus significatif. Jason était heureux de pouvoir exprimer son goût différent en ce qui concerne le code vestimentaire et autres meurs. Il avait ouvert son esprit au-delà de la limite ordinaire tacitement accordée à la majorité. Il se sentait bien dans sa peau de Goth, une subculture qui défie les règles sociales ambiantes sans heurter la morale commune et la liberté d'autrui. Mais ce choix seul lui avait coûté la sanction d'être privé de plusieurs millions de dollars d'héritage familial légitime alors qu'un chien de la famille en avait reçu une dizaine. Cela frustre et froisse la raison. Mais apparemment Jason ne faisait pas grand cas de cette privation. Demouth l'interpella :

« Jason, pourquoi es-tu venu ici pour aider à sauver le chien?

– C'est parce que ma sœur m'en a prié.

– Tu es venu pour ta sœur, ou pour le chien?

- Monsieur, ... je dirai pour les deux. Pour ma sœur et pour le chien.

- Mais..., ce chien a été considéré plus valable que toi par ta grand-mère !

- Oui monsieur, mais le chien est innocent, c'est ma grand-mère qui fut odieuse, mais je lui pardonne son mépris.

- Tu es donc prêt à risquer ta vie pour le chien ? Les gens qui sont présentement en possession du chien sont très dangereux et ne reculeront devant rien pour aboutir à leurs fins.

- Monsieur, je suis au courant de leurs forfaits. Ils vous ont férocement attaqués à cause du chien. Ma famille est sur le point d'être victime d'une propagande médiatique d'humiliation si la presse se mettait au courant que le chien de ma grand-mère est kidnappé par ces malfrats.

- Alors c'est juste pour sauver l'image de votre famille que vous engagez ce combat qui risque d'être sanglant ?

- Pour ma famille,... pour vous aussi, car ils vous ont déjà fait du mal à vous aussi. On ne peut pas laisser ce crime impuni, monsieur. En plus ils sont soupçonnés de manipuler des substances toxiques de destruction à grande échelle. Leurs actes constituent une menace pour la sécurité civile, pour la nation. Alors, ma conscience citoyenne me demande de les combattre.

- Jason, tu es brave ! Tu te poses donc en redresseur de torts public ? Pour ma part, si je suis ici au prime abord, c'est par la colère, par envie de revanche contre celui qui m'a assommé dans le parc et en même temps de sauver le chien si possible. Mais après avoir mesuré la situation et compris les motivations, je compte renoncer à ce combat dangereux de sauvetage d'un chien et je m'abstiens de jouer au justicier civil.

- Monsieur, je vous comprends. Mais la famille et la nation ne sont-elles pas des biens sacrés que chaque membre et chaque citoyen doit défendre contre toute agression ou toute menace?

- Ah, la famille, la nation, des bien sacrés ! Que dis-tu alors de la justice sociale et de la tolérance ? Ne sont-elles pas sacrées elles aussi comme vertus ? Leur sacralité n'est-elle pas plus souhaitable et aussi universalisable ?

- Je consens. Mais sur le champ, ici et maintenant, j'ai en face de moi des brigands criminels qui menacent et je dois les affronter.

- Se battre, oui ; le conflit physique, l'affrontement antagoniste meurtrier est parfois inévitable dans la vie; mais n'est-il pas plus lucide de mener en premier lieu un combat moral fondé sur la raison afin d'instaurer des conditions civiques pour la justice sociale et la tolérance culturelle d'abord ? Je crois que si la justice sociale est suffisamment acquise et que la tolérance culturelle est instaurée au maximum, il y aurait moins de désaccords publics et de tensions sociales et par conséquent moins de désordre civil. Cette condition idéale réduirait le besoin d'une présence policière intensive qui s'acharne à livrer un combat précaire contre une insécurité civile qui provient en grande partie des injustices et des exclusions institutionnalisées. En conclusion, je crois fermement que la justice sociale équitable est mère de la sécurité civile durable.

- Monsieur Demouth, je ne peux réfuter votre opinion. Je vous affirme que je ne manque jamais d'agir en faveur de la justice sociale chaque fois que j'en trouve l'occasion. J'ai combattu pendant cinquante-trois jours sans arrêt à Zukoti Park pour occuper Wall Street. Sous le soleil, sous la pluie, dans la neige, sans interruption nous avons protesté contre la gourmandise et la corruption grandissante dans notre monde des affaires et dans le système politique.

- Ah, *Occupy Wall Street* ! Je félicite ce mouvement. Mais je regrette qu'il ne fût qu'une parenthèse. Ne crois-tu pas que le chantier reste grandement inachevé ? Moi-même chaque fois que, sur Broadway entre Liberty Street et Cedar Street, les autobus sur lesquels je présentais des tours de la ville passaient près de Zukoti Park, je ne manquais pas de motiver la protestation depuis mon perchoir. En plus, je visitais le campement de Zoukoti Park de temps en temps. Crois-moi, je fis tout cela en sympathie pour le mouvement.

- Oui monsieur, je vous crois, vous en êtes capable.

- Mais j'avoue que *Occupy Wall Street*, ce grand cri de cœur des humbles citoyens qui représentent les quatre-vingts dix-neuf pour cent de la nation et qui se sentent exploités et frustrés par les supers nantis de la minorité d'un pour cent de la haute classe et qui détiennent trente-cinq pour cent des richesses du pays, fut comme un cri de désespoir dans le désert par un large troupeau d'agneaux traqués et malmenés par une petite horde de félins prédateurs.

- Monsieur Demouth, c'est terrible et déprimant votre idée de grand troupeau d'agneaux traqués et malmenés par une petite horde de félins prédateurs !

- Oui, c'est une image déprimante, mais je crois que c'est la réalité. Qui gagnera cette lutte ? La multitude d'agneaux inoffensifs et désorganisés ou la minuscule association sophistiquée de félins agressifs?

- Monsieur, je ne saurai répondre à cette interrogation maintenant. Cependant je pense qu'il faut combattre partout où il y a besoin.

- Hm, combattre ! Combattre juste pour protester ou combattre pour se défendre et pour gagner et atténuer voire changer l'ordre injuste ? Pensez-vous quelque chose à ce propos, Mr Touré Seik ? » fit Demouth soucieux à l'attention de Touré qui était plutôt absorbé par l'étude du plan d'opération. Apparemment surpris par la question, Touré hésita dans sa réponse :

« Euhh…bon Dieu, aucune idée. D'ailleurs des gens comme nous, nous sommes des professionnels de la sécurité et de la défense ; donc nous ne nous embarrassons pas trop de ces questions.

- Je présume, lui concéda Demouth.

- Écoutez, nous, c'est la stratégie et l'exécution efficace des opérations de terrain, c'est l'action directe qui nous préoccupe ; par contre les théories sur les grands principes politiques et moraux, cela nous ennuie souvent » répartit Min, s'invitant ainsi dans la conversation pour appuyer la position de Touré.

- Oui, je présume toujours de votre position, chers Min et Touré. Vous êtes des professionnels de l'action directe et non de la réflexion. Vous convenez cependant avec moi que nous devons souligner que les meilleurs citoyens qui se préoccupent beaucoup du bien-être des personnes et s'engagent mieux au-devant des combats dans la vie pour un idéal collectif sont le plus souvent des personnes à la fois compatissantes et particulièrement instruites des vertus morales et des principes politiques, n'est-ce pas ainsi ?

- Tout à fait Monsieur, cette remarque me parait capitale. Les personnes compatissantes et instruites jouent mieux ce rôle dans la société, ajouta Jason.

- Voulez-vous, demanda Touré, parler des personnes comme Socrate, Ghandi, Luther King, Mandela, Dalaï Lama etc.?

- Non, pas nécessairement des personnes célèbres aux destins grandioses comme ceux-là. Il existe aussi des gens ordinaires mais consciencieux dans nos quartiers, sur nos lieux de travail, dans nos communautés qui se dédient parfois et mènent sans relâche un combat de justice au jour le jour pour l'intérêt général sans la poursuite d'aucun prix ou d'aucune gloire personnels. C'est sur les personnes de cette catégorie que nous pouvons compter pour espérer. Car les petites bonnes actions répétées et démultipliées en permanence par un grand nombre de citoyens aboutiront à un bon résultat collectif national, voire international.

- Faut-il donc, voulut s'assurer Min, la combinaison nécessaire de la compassion et de l'instruction pour ce genre d'engagement ?

- Absolument oui ; il faut nécessairement les deux à la fois. L'un sans l'autre ne peut obtenir le résultat car celui qui dispose de l'instruction adéquate mais manque de la compassion profonde risquera fort de travailler à des fins égoïstes de manipulation subtile de la masse; et dans l'autre cas, celui qui dispose de la compassion sincère, mais manque de l'instruction adéquate risquera de s'égarer dans des dérives passionnelles d'un activisme franc mais dépourvu de méthode et de clairvoyance. Dans chacun des deux cas où l'une des qualités manquera le résultat ne pourra donc pas être espéré pour le bien collectif, clarifia Demouth.

- Vous voulez dire par-là, s'enquit Jason, que quelqu'un comme moi qui ai déjà de la compassion doit en plus s'instruire nécessairement des principes de l'éthique et de la politique afin de mieux agir avec méthodes et clairvoyance dans l'intérêt général ?

- Tout à fait, c'est ainsi qu'il faut faire les choses.

- Monsieur, vous m'avez persuadé à ce sujet. Pour tout résumer, il nous faut donc une grande compassion et une haute instruction comme dispositions morale et intellectuelle nécessaires pour bien agir dans le domaine public.

- Oui, définitivement il faut la grande compassion comme disposition morale et la haute instruction comme disposition intellectuelle pour obtenir de bons résultats dans le domaine de la justice sociale. Et il existe actuellement de multiples façons de s'informer à ce sujet à moindres frais. Je donne en exemple les séries d'enseignements du professeur Michael Sandel de Harvard University publiés sur

Youtube.com intitulés *"Justice : What's the Right Thing To Do ?"*. Il faut les consulter ; moi je les apprécie hautement et je me permets de vous les recommander ».

La sonnerie de l'atelier retentit avant que Demouth n'eût le temps de continuer. Il fit une pause. Benny activa un bouton proche de la table de conférence, la porte se déverrouilla. Le battant s'entrouvrit, un policier entra comme chez lui, suivi d'une policière. Il était dans le deuxième âge et mince, les cheveux grisonnants ; elle, elle avait apparemment moins de la trentaine, ronde et petite. Tous deux en tenus impeccables bien ajustées ; lui, en chemise blanche médaillée et pantalon bleue nuit ; elle, en chemise et pantalon complets bleu nuit.

« Salut, je suis le lieutenant Adan Sutton du 20e District. Nous devons parler à Mr Napoli Irrola surnommé Demouth, annonça le policier.

- Me voici, s'identifia Demouth.

- Mr Demouth, vous devriez faire une déposition au commissariat concernant l'agression dont vous avez été victime dans Central Park cet après-midi.

- Oui mais je suis maintenant embarqué dans une folle course-poursuite derrière les agresseurs.

- Normalement vous devez laisser la police se charger de cela. Cependant, le capitaine Dorsinville m'a demandé de vous laisser travailler avec lui. Alors au lieu de vous amener au commissariat nous vous accordons la discrétion de rester avec Dorsinville dans ses investigations privés. Toutefois il est nécessaire que vous nous confirmiez l'identité de votre agresseur et remplissiez une déposition. Nous avons des images de caméra de surveillance qui donnent des portraits que nous devons vérifier avec vous. » Sur ces mots de l'officier de police, son assistante sortit de sa profonde poche de pantalon une mini tablette tactile Samsung Galaxy de huit pouces et présenta à Demouth des photos plus ou moins claires.

Demouth confirma certaines images à partir de ses souvenirs des traits de visage et de texture de chevelure de l'agresseur; il narra les faits. Les policiers prirent note et repartaient quand la porte de l'atelier s'ouvrit avant qu'ils ne l'atteignissent. Entra un grand blond baraqué, en jeans complet noirs Levis et chaussures converses Skechers tout noirs aussi.

« Voici Klein, l'introduisit Rego à tout le monde.

- Salut, salut tout le monde, gratifia le dernier arrivé ponctuant ses paroles avec des gestes amples et très communicatifs. Il prit place à la table sans protocole, tout décontracté, tandis que les policiers prirent congé de l'atelier.

- Bienvenu Klein, fit Demouth. Nous étions sur le point de conclure une conversation sur la justice.

- Ah oui ? c'est intéressant ! la justice est un sujet très important. J'aime parler de tout ce qui est abstrait, mais je ne sais pas quel lien existe entre la justice et le travail qui nous attend ici, insinua Klein.

- L'animal que nous cherchons et devons retrouver, expliqua Demouth, est un chien héritier multi millionnaire. Alors il faut se demander si ceux qui l'ont enlevé ne sont pas tout simplement en train de se venger de cet affront contre le bon sens, un affront qui a consisté à doter un chien de dix million de dollars alors que d'innombrables et honnêtes êtres humains nécessiteux existent autour de nous.

- Affront et vengeance ! reprit Klein avec en-thousiasme puis continua d'élaborer : les désirs égoïstes assouvis des uns qui exploitent et créent les déshonneurs indélébiles chez les autres qui, en retour, attendent la moindre occasion pour frapper fort. Ce jeu est la racine du mal humain. Je vous donne raison, il est la source des dangers que nous côtoyons dans la plupart des conflits armés et révoltes sociales.

- Dans le cas présent qui nous occupe, je ne trouve pas nécessaire d'aller devant ce danger, avertit Demouth. Je ne trouve pas de raison qui nous pousse à risquer des vies humaines pour sauver un chien de riche famille.

- Vous avez raison sur le fond du problème. Mais refuser d'agir pour empêcher la vengeance, c'est ôter à la justice objective une occasion de s'affirmer.

- Mr Klein, j'estime raisonnable de risquer nos vies humaines dans le dessein d'assurer la justice pour les hommes, mais c'est déraisonnable de prendre le même risque pour un animal, pour un chien dans le cas présent.

Cette argumentation pertinente de Demouth à l'endroit de Klein fit réagir Jason qui se mit debout et plaida :

- Mr Demouth, je ne doute pas du tout que vous aimiez le chien Trouble. Je comprends aussi que s'il fallait choisir entre ce chien et n'importe quel être humain, vous choisiriez l'être humain. Et vous me choisiriez moi-même bien sûr. Toutefois, moi, dans la situation actuelle tout comme ma sœur, je compte faire tout ce qui est en mon pouvoir, par devoir familiale, pour empêcher l'humiliation de notre famille. Il ne faut pas que la mauvaise décision de ma grand-mère continue à souiller la vie à nous ses descendants qui ne sommes, en aucun cas, responsables de ses erreurs de jugement et méfaits. La presse de commérage ne doit pas se saisir de cette affaire, il faut que l'enlèvement du chien soit hors de sa connaissance. Cela dit, j'irai au-devant du danger pour soustraire le chien des mains malfaisantes, je promets !» Il s'assied, soupira, se releva puis ajouta « Et je vous prie, Mr Demouth, de rester avec nous pour venir à bout de ce défi. »

Demouth resta silencieux comme pour s'accommoder un moment de réflexion avant de répondre à la sollicitation péremptoire de Jason. Tout l'atelier resta figé en ce moment. Après un court instant, Demouth brisa le calme en sortant le téléphone que lui avait remis l'infirmière et composa un numéro. Il eut son ami Dogood à l'autre bout des ondes, et mit le téléphone en option haut-parleur. Il lui narra en résumé clair sa journée très mouvementée et éprouvante puis demanda son avis sur la décision qu'il était sur le point de prendre et qui risquait de le soumettre à d'autres épreuves plus redoutables.

Après écoute de la narration, Dogood à l'autre bout des ondes compatit grandement avec lui, sympathisa avec Jason et Paris, conseilla amicalement Demouth de rester dans la bataille et promit de les rejoindre très tôt le matin pour les épauler dans l'expédition. Demouth se relâcha dans une grande expiration et acquiesça. Tout l'atelier se détendit.

« Quel homme de grande bonté! s'exclama Klein.

- Son nom est d'ailleurs Dogood. C'est un juriste excellent, un ami très proche à moi, descendant d'ancêtres noirs qui avaient labouré de grandes plantations dans le Mississipi au Sud, précisa Demouth. Vous avez entendu, il m'a persuadé. Je reste dans la course avec vous ; il viendra aussi nous rejoindre demain matin pour appuyer l'opération.

- Je vous remercie infiniment déjà » déclina Jason tout radieux en lui tendant la main pour une accolade entre braves gens. Les autres imitèrent Jason et chacun retourna aux études minutieuses du plan établi.

La nuit avançait ; elle avait déjà bouclé et empiétait depuis quelques heures sur le nouveau jour. Les corps s'épuisaient et la lucidité s'amoindrissait dans les esprits. Paris et le Capitaine Dorsinville étaient revenus du shoping avec deux larges sacs plastiques gris estampillés du logo d'Apple. Ils déballèrent le tout rapidement, découvrant un assortiment de gadgets flambant neufs et sophistiqués. Jason, Tony, Benny, Rego et Klein s'activèrent sans attendre autour de la panoplie ramenée. Ils configurèrent Iphones et Ipads, disques durs externes et écouteurs avec des applications mobiles de dernières générations achetées et téléchargées séance tenante sur Internet. Ils synchronisèrent le tout. Les fonctions de vidéo localisation, de téléconférence, de télésignalisation, de traitement d'image, de radio en circuit fermé, d'accès rapides aux réseaux sociaux de tout genre sont activées sur chaque appareil.

Le plan de maillage étanche de New York fut ainsi matériellement prêt. Chacun disposa de deux brèves heures de sommeil avant le déploiement sur le terrain dès cinq heures matinales.

Rituel sur la Toile

Jason écarquilla les yeux, se renversa sans ménagement contre le dossier de la chaise et passa rapidement deux fois de suite sa main droite sur le visage comme pour y balayer un voile brumeux qui dégradait l'acuité de sa vue. Il cligna ensuite les yeux pour les accommoder à l'image qui s'affichait sur l'écran de l'Imac. Ses yeux ne le trompaient pas ; il voyait à l'écran un chien blanc attaché à un robuste pieu en bois ciré et solidement enfoncé dans le sol. Au pied du chien par terre se trouvait un épais coutelas brillant, visiblement neuf. La lame du coutelas était affilée, bien tranchante. Le chien, curieusement tranquille, ne voyait pas le couteau car il avait les yeux bandés avec un tissu rouge et noir. Les couleurs rouge vif et noir ténébreux du bandeau tranchaient lugubrement de la toison blanche éclatant et laineuse du chien.

Jason se leva et se rassit mécaniquement ; il s'angoissait et était seul à la table de conférence du cabinet. La nuit avait déjà beaucoup avancé, il était 3h30mn du matin. Tous les autres avaient pris congé de la table de conférence, il y avait à peine quarante-cinq minutes. Demouth et Paris dormaient sur des couchettes à même le sol dans la salle. Dorsinville et ses collaborateurs réquisitionnés pour les opérations du plan se reposaient en bas dans les bureaux du cinquième niveau de l'immeuble en attendant que l'aube s'annonce.

Avant tout à l'heure Jason était affalé assoupi, reposant sa tête sur ses bras croisés sur la table de conférence, quand il fut réveillé par la sonnerie d'alerte qu'il avait programmée sur l'ordinateur. L'alarme s'était déclenchée comme prévu après le vingtième message affiché par l'activité de sa page Facebook. C'était en parcourant rapidement les messages qu'il tomba sur celui-là, le treizième ; seul message assez significatif et qui sembla très poignant. C'était une vidéo envoyée à travers les liens interactifs créés spécialement pour les opérations du Plan de Maillage de la métropole de New York.

Il hésita de cliquer sur le pointeur de mise en marche de la vidéo car il craignait que la vidéo ne se développât en une scène cruelle et traumatisante. Le chien à l'écran ressemblait perceptiblement à Trouble. Il voulut réveiller Paris, mais changea d'avis du coup car il estima que Paris ne fût trop choquée et marquée à jamais par cette scène qui montrait le chien sur le point de subir une immolation sanglante. Il pensa à Dorsinville, mais jugea que Dorsinville ne lui serait d'aucun aide pour bien identifier le chien. Il alla donc réveiller Demouth qui était étendu sur une couchette à même le sol un peu à l'écart proche du mur.

Demouth dormait d'un seul œil et se redressa dès que la main de Jason le toucha au genou. « J'ai besoin de votre aide » lui dit Jason à voix basse. « Déjà ? » fit Demouth. Il se leva et le suivit un peu à la traîne car très ankylosé par les peines de la journée.

Quand Jason lui montra l'image sur l'écran, Demouth fixa pensivement la scène, mais ne sembla pas perturbé par ce qu'il voyait. Il déclara calmement « Je comprends que tu sois inquiet. Tu n'as plus vu Trouble depuis longtemps, n'est-ce pas ?

- Oui, depuis que la grand-mère Lianna était morte.

- Cela fait un bon bout de temps. Trouble a dû changer un peu depuis ce temps, je suppose. Présentement il est moins gros que ce chien que tu vois à l'écran. La ressemblance est frappante, mais ce chien est légèrement plus dodu que Trouble. Tu peux aussi observer les pieds de ce chien et le comparer aux images récentes de Trouble que Paris nous a procurées. Les pattes de ce chien ont leurs terminaux légèrement assombris par rapport au reste de son corps tandis que Trouble, lui, il est tout blanc éclatant de la tête aux pieds.

- Mais, ils vont le tuer ! s'indigna Jason en se farfouillant rageusement les cheveux avec tous ses dix doigts.

- Ce n'est pas Trouble! je te dis, insista Demouth.

- Quoi ? les gens tuent des chiens comme cela ? sans remords ? rouspéta encore nerveusement Jason tout en activant avec précipitation son téléphone portable pour retrouver les photos récentes de Trouble que Paris avait procurées au groupe dans le cadre du Plan de Maillage.

- Comme toujours ! répondit Demouth, les chiens ont toujours fait partie des êtres choisis pour des cérémonies et des rituels de tout genre. Par exemple certaines tribus Iroquois sacrifient des chiens blancs aux esprits ; dans la Rome Antique, on sacrifiait des chiens à des dieux.

- C'est trop cruel !

- Mais c'est relatif ! corrigea Demouth toujours calme.

- Rien ne peut justifier qu'on tue un chien innocent !

- Ah oui ? tu penses ? que dis-tu alors du cas des êtres humains ? existe-il quelque chose qui puisse justifier qu'on envoie légalement un homme à la guerre pour qu'il soit brutalement tué par un autre homme ou que lui-même il tue violemment d'autres hommes ?

- Oui bien sûr ! pour des causes nationales ou de défense des principes de la liberté ou de la justice, on peut autoriser la guerre et accepter dans ce cas particulier le sacrifice de certains citoyens pour sauver le reste du peuple.

- Alors ! alors si tu penses ainsi, ne vois-tu pas que c'est la même logique ? C'est le même besoin de défense de leur bien-être moral auprès des êtres invisibles 'supérieurs', donc des grands esprits, et de conjuration de leur bien-être matériel sur terre qui fonde le raisonnement d'autres personnes ou peuples qui sacrifient des chiens, des coqs, des bœufs, des moutons et, au grand cas, des êtres humains dans des rituels qui nous paraissent bizarres à nous autres.

- Mais ils sont dans la superstition dans ces cas là !

- Oui, mais l'État et la Nation aussi sont dans la superstition comme la foi religieuse ! Les grandes superstitions collectives sont nécessaires pour la vie durable en commun ; c'est tout. Il faut comprendre que l'État, la Nation, comme la Religion fonctionnent chacun comme un très grand corps vivant dont l'âme est un tissu intriqué de superstitions. Ils ont tous besoins de sacrifices extravagants à des moments cruciaux pour encourager l'unité et la confiance de tous afin d'apaiser l'angoisse profonde qui habite la solitude intérieure de chaque personne ordinaire dans le groupe, le grand corps vivant.

- Votre façon de voir ces choses est un peu compliquée pour moi, je l'avoue !

- Oui, c'est apparemment compliqué, mais quand on prend le temps d'y penser un peu on s'ouvre à l'évidence. Précisément, par exemple, quand nous évoquons nos ancêtres géniteurs de la patrie ou les pères fondateurs de la nation, ou lorsque nous invoquons la constitution de la république qui sont tous des êtres invisibles, abstraits, au nom desquels il faut consentir des sacrifices extrêmes, c'est identique dans le fond au comportement de ceux qui évoquent les esprits protecteurs de leurs communautés ou les lois et coutumes sacrées de leurs croyances religieuses pour justifier des sacrifices en vies de toute sorte.

- Ok, c'est un peu explicable, je vois à peu près.

- Oui, ton doute est sensible. Je crois que pour mieux voir ce dont je parle, il faut être constamment attentif à la vie et être détaché des conformismes ordinaires. Passons.

- Soit, laissons tomber. Mais je vais quand même rechercher et m'instruire de ces choses, conclut Jason ».

Il cliqua sur le pointeur de mise en marche de la vidéo. Une musique sacrée languissante s'éleva sur fond d'instruments graves : un orgue et deux tambours. Il diminua le volume pour ne pas réveiller Paris. L'image sur l'écran défila et évolua vers l'intérieur d'un sanctuaire éclairé par deux cierges aux flammes douces ondulantes et rouge bleuté qui chassent timidement la pénombre sereine. Le décor d'arrière-plan est occupé par un autel où se trouvent une bassine, des coupes et des bouquets, des parchemins, des icônes exotiques et autres objets d'un culte méconnu. Demouth posa doucement sa main droite sur l'épaule de Jason comme pour l'encourager tacitement à regarder la vidéo, puis sans mot dire il s'éloigna de lui vers la couchette pour un sommeil léger.

Tout le reste de la nuit, Jason plongea dans une quête fébrile sur les rites sacrificiels de tout genre. Il fouillait la Toile en se servant de Google tout en surveillant l'activité de sa page Facebook. Il ne ferma pas l'œil jusqu'au levé du soleil, l'intrigue rituelle sacrée le subjuguait profondément.

Tous Azimuts

Il était cinq heures du matin. Tout le groupe était sur pied et se scinda en six unités. Rego et Jason furent assignés à la base pour collecter, centraliser et traiter instantanément les images et les informations de localisation provenant des réseaux sociaux et de rediffuser des données utiles extraites du traitement vers les terminaux des cinq unités de terrain déployées sur les cinq démembrements géographiques de la City.

Sur le terrain, Demouth et Touré investirent le Bronx, contrée nord de la mégalopole, et se sont positionnés au carrefour de Fordam Avenue et du Grand Concourse Boulevard à côté du grand magasin PC Richard. Min et Dogood quant à eux investirent Queens, contrée nord-est de la mégalopole. Ils se positionnèrent au carrefour du Queens Boulevard et Yellowstone Boulevard juste à côté de la banque HSBC. Benny et Klein investirent Brooklyn, contrée sud-est de la mégalopole et se positionnèrent en face du Musée des Arts de Brooklyn sur le Eastern Parkway. Quant à Paris et Tony, ils s'occupèrent de Manhattan, contrée centrale de la mégalopole, et positionnés à Clombus Cercle, 59ᵉ Rue et Broadway à côté du Time Warner Center avec l'éventualité aussi de faire, si nécessaire, une descente in-extrémis par ferry-boat apprêté, dans la zone riveraine de l'Etat fédéré voisin de New Jersey à l'ouest.

Dorsinville, quant à lui, investit en solitaire Statent Island, contrée extrême sud de la mégalopole, où la densité urbaine est moindre par rapport aux autres agglomérations mais avec une probabilité non négligeable d'activités répréhensibles. Chaque unité était munie de l'équipement nécessaire pour recevoir les images et autres informations triées et diffusées depuis l'atelier avec les précisions de localisation de prise des photos ou vidéos. Ainsi en cas d'alerte, chaque équipe pourrait rallier rapidement le lieu indiqué à partir de sa position stratégique centrale dans l'agglomération occupée pour identifier le chien, le sécuriser et le récupérer si possible.

Les chances de succès de l'opération augmentèrent avec les prises de contacts rapides préalables sur le terrain au sein des communautés socioculturelles. Dans ce sens Jason, instruit par Dorsinville, avait déjà en route pour Chelsea fait un arrêt sur le métro R à la 14e Rue pour visiter la grande esplanade de Union Square où il avait parlé à un bon nombre d'individus appartenant aux différents cercles Goths , Beatniks et Punks. Cette esplanade, la plus grande de Manhattan, de forme circulaire où trône trois grandes figures : Georges Washington chevauchant un robuste canasson face au sud, Abraham Lincoln debout avec son air sage qui lui vaut son surnom du *''Honest Abey''*, au nord ; et Monsieur le Marquis de Lafayette debout et droit en port altier face à l'est.

Union square est le lieu public authentique de recréation en plein air et d'expression libre de soi pour les New-yorkais de souche. Elle est bien boisée, fleurie et souvent pleine d'animation extravagante. C'est en ce lieu que les cliques, les gangs et les groupes de jeunes d'avant-garde en marge de la société aiment se retrouver et se ressourcer de leurs codes et meurs déviants ; ils squattent pratiquement le lieu en bons enfants de la liberté aux côtés d'artistes de tous les talents et d'activistes agitateurs de toutes les causes. Jason est un grand initié de ce milieu social et bon familier de cette grande place des rendez-vous libertaires.

Demouth et Touré, en route pour le Bronx pour s'y positionner au carrefour de Fordam Road et Grand Concourse Boulevard, prirent la 8ᵉ Avenue dans le quartier de Chelsea puis rallièrent Broadway. Sur Broadway, malgré la brouille dans son esprit à cause de l'intrication des évènements, Demouth ne manqua pas de jeter des clins d'œil contemplateurs à plusieurs points d'attractions. Il scruta d'abord Christophe Colombe juché sur la haute colonne au grand carrefour de Columbus Cercle à la 59ᵉ Rue. Non loin, après un autre clin d'œil au fécond poète Dante Aleguieri trônant à la 63ᵉ Rue, il visa à la 64ᵉ Rue le Metropolitan Opera, temple des muses au Lincoln Center, puis plus loin il admira la splendide résidence du Dorlington de 1902 à la 71ᵉ Rue où séjourna l'étonnant Charly Chaplin au début du siècle précédent ; il lorgna ensuite la grandiose et pittoresque résidence Ansonia de 1904 à la 73ᵉ Rue où vécu la suave voix d'opéra Maria Calas tout comme l'éminent directeur d'orchestre Arthuro Toscanini.

Ils bifurquèrent sur Amsterdam Avenue, quittant Broadway, prolongèrent puis virèrent à droite sur la Rue 110. Ils contournèrent le Frederick Douglass Cercle à l'extrême nord-ouest de Central Park où l'activiste Douglas lui-même était debout immortellement figé dans du pur bronze éternel. Ils s'engagèrent sur le Frederick Douglas Boulevard et la quittèrent après à peine une minute quand Touré introduisit allégrement la Lincoln noire sur la Rue 116. Là, ils se rendirent à la mosquée Masjid Malcolm Shabazz. Touré y discuta avec l'Imam représentant et le pria de mettre le maximum de fidèles de la communauté au courant de la sollicitation de photos et de vidéos de tout caniche blanc et d'envoyer le plus rapidement possible l'image à l'adresse email indiquée. Ils rassurèrent l'imam que si un fidèle de la communauté musulmane recevait la prime des cinquante mille dollars une partie reviendrait aux bonnes œuvres sociales de la mosquée. Cette assurance motiva l'Imam et il promit avec enthousiasme de coopérer à la réussite de l'opération.

En ce moment Min en compagnie de Dugood à bord de sa Toyota Avalon, en route pour Queens, descendit rapidement en direction sud en prenant d'abord la 5ᵉ Avenue puis Broadway, ensuite Canal Street puis Bowery Street au cœur de China Town. Il passa près de la statue de Confucius et alla stopper juste à côté du monument de Lin Zexu à Kim Lau Square. La grande animation quotidienne de China Town n'avait pas encore commencé. Les échoppes de produits manufacturés, les marchés de légumes et fruits de mer, les restaurants exotiques sont encore clos, ils ne tarderont pas à s'ouvrir avec le levé du soleil.

De là, Min et Dogood retrouvèrent vite quelques dignitaires de l'Eglise de la Transfiguration et du Temple Baptiste. Ils les informèrent de l'urgence de communiquer aux membres de la communauté des Chinois à New York de réagir rapidement à l'annonce assortie de prime pour photos ou vidéos qui permettraient de repérer et sauver le caniche blanc. Ils rejoignirent ensuite Allen Street, la remontèrent et fusionnèrent avec la Première Avenue, passèrent en trombe devant le siège des Nations Unies sans s'offrir le loisir de regarder la danse éolienne ondulante des cent cinquante-six drapeaux nationaux qui flottaient sur la rangée de mats à la façade du palais des nations. Min manœuvra jusqu'à la 57ᵉ

Rue où il fit une gauche, continua puis fit une droite sur la 3ᵉ Avenue et s'engagea sur le grand pont de Queens Borough Bridge des qu'il vira à droite sur la 59ᵉ Rue. Ils parcoururent quinze kilomètres avant de se positionner au grand carrefour de Queens Boulevard et Yellowstone Boulevard à côté de la banque HSBC.

Benny et Klein empruntèrent le Manhattan Bridge pour rejoindre Brooklyn. Là ils passèrent d'abord par le grand quartier de Williamsburg où ils rencontrèrent un grand rabbin de la communauté juive orthodoxe du temple Yetev Lev D'Satmar pour lui faire part de la requête de recherche du caniche blanc spécial et de l'intérêt que la participation des fidèles pourrait tirer de la bonne issue de la l'opération.

Les pourparlers du capitaine Dorsinville avec son ami et coéquipier occasionnel d'opération, le commissaire divisionnaire Franck de Jesus de l'East Village étaient basés sur l'agrément judicaire officiel qui garantit l'échange d'informations utiles entre la police et les agences de sécurité privée dans le cadre de la nouvelle approche de sécurité territoriale. Ainsi Dorsinville pouvait recevoir instantanément sur son terminal mobile les mises à jour des résultats d'investigations de la police sur les malfrats impliqués dans le vol de l'ambulance et la disparition du chien doué.

Selon les résultats qui lui étaient parvenus en premier lieu, les agents du CAGE -Citywide Anti-Gang Enforcement - et du TIU -Terrorism Interdiction Unit - avaient déjà identifié dans la ville des lieux de fréquentations régulières ou de résidences probables des suspects. Dans le quartier de Soho à Manhattan on trouva des adresses de fréquentations des suspects sur Broom Street et Thompson Street. À Harlem dans Manhattan, on repéra leurs traces sur Lexington Avenue entre la 127ᵉ Rue et la 128ᵉ Rue. Et dans la contrée du Bronx, on reconnut leurs traces au quartier de East Tremont sur le Southern Boulevard entre la Rue Jennings et la 172ᵉ Rue.

Toujours dans le Bronx, au quartier populaire de Hunts Point, un escadron du CAGE fit une descente musclée au sous-sol d'un grand immeuble d'habitation sur Fox Street. Le lieu servait de salle clandestine pour les combats de chiens féroces. Demouth et Touré s'y rendirent dans le sillage de la Police. La Police y mit fin à un match illégal de combat cruel entre des pitbulls dressés à se battre à mort. Les gangs dangereux qui font la promotion de ces combats brassent des milliers de dollars par jour en revenus illicites car c'est des matchs où l'on parie grand sur ces chiens féroces entraînés et dressés, jetés l'un contre l'autre sans merci dans des rings aménagés en ces lieux clandestins.

Mais l'opération de la Police dans le Bronx ne trouva aucune trace du chien doué Trouble. Cinq chiens pitbulls furent récupérés, les fouilles déterrèrent quelques ballots de cannabis; des sommes importantes d'argent furent saisies. Deux pistolets automatiques de calibre quarante millimètres provenant sûrement des trafics d'armes illégales avec les États fédéraux du Sud comme la Caroline furent découverts et vingt-six personnes furent interpellées. Un rapide recoupement à partir de la vérification des identités de quelques-uns des brigands arrêtés permit de relier cette activité à d'autres gangs actifs dans le quartier de Bedford Stuyvesant au coeur de la grande contrée de Brooklyn. Un assaut imminent était déjà sur le point d'assiéger et démanteler cet autre repère de hors-la-loi. Benny et Klein furent informés par le capitaine Dorsinville qui les instruisit de rallier cette adresse où l'opération imminente de l'Unité anti-gang, la CAGE, allait se dérouler.

Dans la contrée de Queens, Min et Dugood allèrent, sur indications, sonner à la porte d'une maison privée banale au grand quartier populaire de Jamaica. Ils furent accueillis à la porte par un individu décadent, une femme dépérie mais espiègle, dans le deuxième âge mais déjà édentée. Sans doute physiquement usée par la cocaïne et moralement déprimée par les désespoirs continus d'une vie peu généreuse, elle voguait dans les courants obscurs marginaux situés aux extrémités du marathon ultra-compétitif de la société urbaine postmoderne de la grande métropole.

Elle leur montra plutôt la porte d'en face à l'opposée dans la rue pour y trouver ce qu'ils cherchaient. C'est sur la 92e Road. Quand ils montèrent les marches d'entrée de la maison, ils furent enveloppés dans une odeur fétide de fiente. La façade de l'habitation était vieillotte et ne signalait pas de présence humaine à l'intérieur. La senteur nauséabonde qui s'y dégageait ne les empêcha pas de sonner. Trois coups de sonnerie successifs ne reçurent aucune réponse. Quelques appels de « Hello, il y a quelqu'un ? », ne reçurent aucune réponse. Dogood, à bout de patience, frappa deux grands bangs de son point gauche sur la porte. En réponse, deux pigeons affolés voltigèrent hors du bâtiment à travers le trou d'une fenêtre à la vitre cassée au deuxième étage et se réfugièrent sur le toit. Quelques minutes d'attente ; rien. En ce moment la femme décadente avait descendu les marches d'entrée de l'autre maison, se tenait debout sur le trottoir et les observait. Quand elle vit leur déception, elle disserta :

« Personne ? Ah oui, cette maison est le royaume des oiseaux, le paradis des pigeons. Des centaines de pigeons y vivent en compagnie d'un seul être humain. C'est un expert oiseleur, taciturne mais très gentil. Le connaissez-vous ?

- Aucune idée, répondit Min.

- Ah, je croyais que vous étiez ses amis, ou des amis de ceux qui étaient venus là hier soir avec un chien.

- Non, nous ne sommes pas ses amis, mais nous cherchons le chien, le chien blanc ; ils l'ont volé, c'est des voleurs !

- Oooh, haha ! ne jouez pas de moi s'il vous plait. Qui voudra voler un chien à New York ? Les chiens ne coûtent rien ici, voyons… Avez-vous un quater à offrir ?

- Un quater ? pourquoi ?

- Je suis fauchée ce matin et j'ai faim, je prendrai tout ce que vous offrirez.

Ce désintéressement que la femme affichait par rapport à l'histoire du chien en faisant plutôt la manche, déconcerta Dogood et Min.

- Nous n'avons aucun centime à vous donner. On veut le chien, nous sommes des détectives. Savez-vous où se trouve le chien, s'il vous plait? Questionna Min.

- Honnêtement je ne sais pas. À part que j'ai vu des gens hier soir, quatre personnes, rentrer là-bas avec un chien blanc, hier soir. Je ne sais rien d'autre… Écoutez, votre histoire de chien volé me taquine un peu. Ici à New York qui ira voler un chien ? hein ? On n'en mange pas ici ! Je crois que c'est en Afrique ou en Chine qu'ils mangent les chiens. Là-bas ils peuvent en voler. Ici je ne crois pas… Avez-vous un quater à m'offrir ?

- Madame, s'il vous plait, contrôlez votre langage, votre esprit est plein de préjugés, faites attention à ce que vous dites. D'ailleurs nous n'avons pas de quater !

- Ok, bye, bonne journée à vous, que Dieu vous bénisse. Si le monsieur des oiseaux était dans la maison, il allait vous ouvrir. Il n'est pas là, il est sorti, il n'est pas méchant. Bye ! »

Elle retourna pour remonter les marches d'entrée de son habitation. Dogood sortit son porte-monnaie, y tira deux pièces de vingt-cinq centimes.

« Madame, voici deux quaters. » Il projeta les pièces en direction de la dame fanée mal fichue.

Excitée, elle voulut saisir les pièces au vol. Mal lui en prit. Son corps osseux, aux articulations dégraissées et taries de souplesse, ne put se soumettre à cet exploit athlétique. Elle faillit aller à la renverse, se rattrapa dans une reculade décousue puis atterrit abruptement sur ses deux fesses desséchées accueillies par la première marche des escaliers à l'entrée de la maison. Elle maugréa puis miaula du même coup, invoqua Jésus et négligea l'égratignure brûlante sur ses doigts causée par la chute. Elle chercha hâtivement, retrouva et ramassa les deux pièces de vingt-cinq centimes au sol, les empocha gaiement, dit merci et rentra vite chez elle claudiquant sans en demander plus. Elle réapparut deux seconde après et cria presque « Hey, Monsieur, si vous auriez besoin de faveur féminine privée, ma copine est à l'intérieur, elle est généreuse, c'est douze dollars, prix spécial pour vous. Je suis sérieuse ! ». Elle re-disparut derrière la porte.

- Insanités ! fit Min à voix basse.

- Elle est cinglée, ajouta Dogood.

Min activa son Ipad pour envoyer un feedback à Dorsinville.

Michel KINVI

Intrusion d'Artifice à Crown Heights

Une tonalité émise par l'ordinateur signala l'entrée d'un nouveau message dans la boîte whitedog@dorsinville.com. Jason consulta la boîte sans attendre une seconde. Un lien inclus dans le message lui permit d'accéder à une page Youtube. Une vidéo titrée "Superbe Carnaval à Brooklyn : visez les chiens" s'afficha. Jason vérifia la date de publication de la vidéo pour s'assurer que ce n'est pas une piste inutile. La vidéo datait du même jour, donc probable de contenir un indice sur Trouble. Il l'ouvrit et une flamboyance de couleurs vives et de formes gracieuses l'éblouit. Des centaines de milliers de gens alignés le long d'une large avenue admiraient le spectacle d'un carnaval gigantesque.

La séquence de film d'une longueur de sept minutes débuta par le défilement d'un long char surmonté d'un ensemble musical qui jouait à fond un tube caribéen épicé. De grandes affiches à l'avant et aux côtés du char portaient le titre *Trinidad and Tobago* accompagnées de logos et de textes de publicité de certaines banques et entreprises locales. Jason demanda à Rego si le carnaval des Caraïbes de New York se tenait en été. Rego lui répondit par la négative et s'approcha de lui.

Jason bascula l'image sur le projecteur Panasonic. Le mur s'illumina en un écran superlatif qui magnifia les nuances du défilé mastodonte. Quel apparat ! Une indescriptible beauté sauta aux yeux des deux jeunes techniciens assignés à l'atelier. L'harmonie de formes et de sons, de couleurs et de mouvements diffusait une puissance de créativité artistique ineffable. Jason souffla et croisa les bras. Rego s'assit, écarquilla les yeux et se demanda :

« - Allons nous discerner un chien blanc dans cette mosaïque mouvante ?

- Eh ben ! si Trouble est inclus dans ce brouhaha, je le détecterai à la première vue car je me suis suffisamment accommodé aux images que Paris nous a montrées de lui. Sous tous les angles de vue, je dirai si c'est Trouble ou pas Trouble. Cependant, puisque tu me dis que le carnaval des Caribéens de New York ne se déroule pas en été, cela nous conduit à déclasser cette vidéo. C'est sûrement une vidéo prise lors d'un carnaval précédent, mais qui n'est diffusée maintenant que parce que nous avons lancé un avis de recherche de chien blanc avec récompense.

- Exactement. Le carnaval des caribéens se déroule en Septembre. Et…

- Ah attends ! regardes ! interrompit Jason en sursautant presque. »

Sur le mur, trois beaux chiens blancs costumés et presque identiques apparurent en gros plan. Ils étaient tenus en laisse par une demoiselle basanée et plantureuse qui se livrait à un déhanchement suggestif au son de la musique exaltante hautement tintée de cuivre et de tambour. La vidéo déroulait à la quatrième minute. Jason bloqua l'image ; se leva et s'approcha du mur pour inspecter les trois chiens.

« - Est-ce la peine d'étudier cette image ? demanda Rego.

- Je sais que Trouble ne peut-être là, mais je veux juste voir en quoi ces chiens se distinguent de Trouble bien qu'ils ont une ressemblance frappante avec lui. »

Il revint à la table prendre un Ipad, y fit afficher une photo de Trouble et se mit à jeter des coups d'œil en va et viens pour déceler les similitudes et les divergences de forme et de pelage entre Trouble et chacun des trois chiens. Rego le rejoignit près du mur.

« - Ces chiens sont apparemment des triplets, fit remarquer Rego.

- Oui visiblement. Seuls quelques détails dans leurs accoutrements de parade les distinguent, compléta Jason. »

Les trois chien à l'écran se distinguaient entre eux par la couleur du noeud papillon que chacun avait : bleu, rouge, vert. Ils avaient le même gilet orange, mais les laisses qu'ils avaient aux cous les distinguaient l'un de l'autre car elles étaient assorties avec les nœuds. Leurs petites chaussures noires étaient identiques.

« - Tu vois ? les touffes des poils sur les voûtes crâniennes de ces chiens sont plus abondantes comparées à celle de Trouble. Et particulièrement chez Trouble, nous avons comme une raie qui divise sa coiffe en deux parties symétriques.

- Je vois. Et aussi chez Trouble il y a un foisonnement de poils au niveau du cou, ce que ces chiens n'ont pas.

- C'est exact. Le museau de Trouble est plus visible que ceux de ces chiens. Et en plus, la moustache est plus éclatante chez Trouble que chez eux.

- Au niveau de la taille, en position dressée sur les quatre pattes, ils sont chacun légèrement moins grand que Trouble.

- C'est parfait. Voyons ce qui suit, suggéra Jason. »

Rego alla cliquer sur le pointeur de marche de la vidéo. Le mouvement reprit et s'accéléra. On vit défiler d'autres chars portant des noms de pays Caribéens comme *Jamaïca*, *Saint Martin*, *Guyana*, *Saint Lucia*, *Barbados*, *Dominica*, *Guadeloupe*, *Haïti*, *Antigua*, *Martinique* et d'autres encore.

Les troupes de Calypso, de Compa, de Soca, de Zouk et de Reggae se succédaient dans la marche épique et rivalisaient pour faire swinguer les foules. Des paradeurs hautement costumés en meneurs de troupes incarnaient de grands oiseaux aux plumages vifs de toutes les teintes arc-en-ciel. Leurs vastes ailes épanouies couvraient toute la chaussée. D'autres paradeurs mimaient des monstres et autres personnages des mythes et légendes des peuples Caraïbes. Les corps peints ou juste légèrement couverts des belles jeunes femmes en petites culottes et soutiens-gorge moulants trémoussaient et cadençaient joyeusement aux sons des rythmes enivrants. Septième minute et deux secondes, le court film éblouissant arriva à la fin, le mur s'obscurcit soudain.

« - C'est énorme et pittoresque comme parades ! souffla Jason en allant s'adosser contre le bord de la table de conférence.

- Tout à fait, répondit Rego, j'ai assisté à l'une de ces parades, il y a trois ans. Il existe des choses incroyables à y voir. Disons que la présence de ces chiens mignons que nous avons vus y est inhabituelle. Mais chaque année près de trois million de personnes sont drainées par ce carnaval. C'est le chiffre officiel fourni par la City.

- C'est *ini-magi-nable* ! s'étonna Jason.

- Oh oui ! chaque année le Jour des Travailleurs est ainsi célébré à New York par une grande partie de la classe laborieuse. Et c'est le quartier de Crown Heights sur la grande avenue de Eastern Parkway à Brooklyn qui accueille depuis toujours cette bonne ambiance d'extravagance ethnoculturelle et d'extase populaire incomparable des gens de la classe laborieuse , conclut Rego » .

Ils retournèrent à l'analyse des données instantanées provenant des réseaux sociaux.

Épiphanie et Chaos à Times Square

La journée avait avancé, le soleil près du zénith toisait la ville. Dorsinville, à Staten Island, reçut une alerte sonore sur sa tablette Ipad. C'était un énième signal des nombreux échanges de mise à jours entre lui et les autres unités de l'opération. Le message provenait de l'atelier. Il activa le menu images. Il vit un chien blanc assis sur une caisse rouge. Trouble avait réapparu !

Dorsinville ébranlé posa son pouce et son index sur l'écran en un point de l'image et les écarta ; l'image s'agrandit. Il vit mieux. Dans la gueule du chien se trouvait une liasse de billets verts et sur la caisse où le chien était assis il était inscrit en texte gras et orange ''*Attention Bombe !*''. Le commentaire de Jazon qui accompagnait l'image informait dans les termes suivants: *Courrier reçu à travers le réseau et vérifié, valide. Trouble repéré à Times Square. Mais très grande inquiétude, il est assis sur une bombe. Je cours à Times Square, pensez-vous qu'il faut y aller ? J'espère vous y trouver peut-être. Sous peu !*

Dorsinville, suant déjà, voulut taper un court message en réponse au commentaire de Jason, mais il se ravisa, prit son téléphone et appela Paris.

« Allo, Paris, as-tu reçu le message de Jason ?

- Oui. Je cours à Time Square !

- Ah non ! Surtout pas ! Attention on parle de bombe ! Le chien est assis sur une caisse de bombe à Times Square ! C'est ce que dit l'information.

- Une supposée bombe ! trancha Paris. Nous ne savons pas ce qui se trouve dans la caisse. Ceux qui ont déposé le chien à Times Square sur cette caisse fermée peuvent être en train de faire une farce. Ils diffusent une fausse alerte à la bombe, sans doute.

- Tu parles ! Ton hypothèse est optimiste. Mais au cas contraire nous avançons vers la merde, avertit Dorsinville.

- Nous sommes déjà dans la merde, il faut bouger le cul, rétorqua Paris, corsant le langage peu puritain de Dorsinville.

- Soit. Mais, ne te laisses pas aveugler par l'envie de récupérer le chien et oublier le très probable danger mortel. Allons-y, démarrez et attendez-moi devant la Bibliothèque Centrale à la 42ᵉ Rue au coin de la 5ᵉ Avenue. Je prends un Water Scooter pour traverser rapidement la baie et rallier Manhattan. Je serai à la 42ᵉ dans vingt minutes approximatives. À tout à l'heure !»

Dans le Bronx, Demouth reçut le signal et activa son Ipad puis renseigna Touré de la situation. Touré sonna le téléphone de Dorsinville pour recevoir d'éventuelles instructions. Dorsinville les instruisit de rallier Manhattan et de se positionner à la 50ᵉ Rue au coin la 6ᵉ Avenue au Rockefeller Center près de Radio City. Dorsinville ouvrit instamment l'application de radio en circuit fermée sur son téléphone et donna les instructions de repositionnement dans Manhattan à toutes les cinq unités de terrain.

En ce moment Jason se dirigeait à toute allure sur la 8ᵉ Avenue vers Times Square dans un taxi jaune. Il était à la 29ᵉ

Rue en ce moment et pressait le chauffeur d'accélérer au maximum. Mais ce dernier trouvait déjà de la difficulté à manœuvrer à travers la circulation qui devenait de plus en plus dense au fur et à mesure qu'ils approchaient Times Square. Les sirènes de la Police et des Sapeurs-pompiers emplissaient et fendaient l'air de leurs alarmes stridentes et assourdissantes. Ils assaillaient de partout et convergeaient sur le grand carrefour.

Sur la 8ᵉ Avenue au niveau de la 35ᵉ Rue il n'était déjà plus possible d'avancer en automobile. Le taxi était immobilisé presque en face de l'Hôtel New Yorker où la circulation fut bloquée. Jason paya le chauffeur et descendit à la hâte. La foule des passants devint compacte aussi à ce niveau. Jason joua des épaules, des coudes et des interjections répétées de demande de passage pour foncer vers Times Square.

En ce moment Times Square était en proie à une débandade monstrueuse. L'alerte à la bombe se propagea comme une traînée de poudre aux quatre coins du grand carrefour et la panique secoua tous les cœurs. Le hub urbain des touristes charmés devint subitement un capharnaüm de damnés captés dans la terreur. Les agents du Département de la Police de New York, NYPD, et le personnel spécial de sécurité privée de Times Square essayaient de canaliser la débâcle des foules paniquées et des véhicules embardés qui se précipitaient et s'éloignaient dans tous les sens opposés à l'intersection de la 7ᵉ Avenue et Broadway.

Il fallait fuir les lieux au plus vite pour sauver sa peau. Près de dix milliers d'individus en colmatage, c'était un cafouillage farouche et inédit. Sauf les personnes en uniformes dans leurs tâches de fonctionnaires de la sécurité publique avaient un semblant de contrôle sur leurs propres actes. Le reste de ce monde était fatalement emporté dans une déroute aiguë.

Les éblouissants spectacles publicitaires projetés par les maxi écrans ultra-lumineux qui tapissent les façades des intimidants gratte-ciels ; dans la rue les scènes érotico-suggestives des filles presqu'entièrement nues ne portant que des ailes d'ange aux épaules et un string ultra minuscule entre les cuisses, leurs corps à la peau lisse peinte en tricolore ou en quadrichromie exposant leurs courbures plastiques, leurs creux et leurs saillies, cuisses charnues et poitrines ensorceleuses aux seins trémoussant, fesses tremblotantes et hanches cambrées forçant toutes les envies masculines alentour sur les trottoirs; les gestes et danses machistes du Cowboy Nu avec sa guitare acoustique qui cache à peine son cinquième membre virile saillant sous son caleçon coton blanc *Fruit of the Loom* ; les espiègleries enchanteurs des personnages costumés, des mascottes, qui incarnent les héros de films populaires comme Spider-man, Superman, Iron Man, Batman, Capitain America, SpongeBob SquarePant, Minnie et Mikey et d'autres encore qui aguichent tous les jours les passants et spectateurs sur les esplanades et les trottoirs de Times Square étaient tous, en ce moment, instinctivement refoulés par la peur dans l'inconscient de la foule voyeuriste venue de lointains pays et contrées de toute la terre pour savourer les délices visuels et tactiles du carrefour féerique de New York, Times Square.

Encore grave, la débandade monstrueuse eut raison de certains visiteurs qui trébuchèrent et furent piétinés comme des loques et déchets. Ils étaient meurtris non seulement dans leurs âmes mais aussi dans leurs corps. Pire du drame, d'autres malhonnêtes badauds cleptomanes profitaient du chaos pour détrousser des victimes désarmées et désorientées par la peur. D'autres obsédés poussaient le cynisme et la perversité jusqu'à violer carrément l'intimité corporelle d'autres personnes affolées. On tâtait maladroitement des seins étrangers et on pressait grossièrement des fesses inconnues ; des doigts sordides palpaient des entrecuisses non autorisés. On volait ainsi de petits et bas plaisirs non mérités en se procurant des sécrétions séminales jouissives instantanées et salissantes ou des orgasmes honteux qui mouillaient et souillaient les sous-vêtements. Le vice sexuel et le larcin s'invitèrent ainsi promptement au cœur du désastre public et empirèrent les afflictions de certaines victimes objectivées, mélangeant de cette façon écœurante le doux égoïste à l'amer collectif.

Jason compléta les sept blocs de bâtiments qui le séparaient de la 42e Rue en ramant contre les vagues déferlantes de la foule en fuite. Il bravait de ce fait les ordres de la police et se dirigeait vers le carrefour de Times Square, le Centre de l'Univers. Il était essoufflé, mais l'élan de sa passion justicière le maintenait dans l'action et le portait irrésistiblement vers le but.

Il tourna à droite à la 42e Rue et trouva qu'il ne lui serait pas aisé de franchir les dernières centaines de mètres qui le séparaient de Broadway. La police n'autorisait presque personne à aller dans cette direction. Il retourna sans attendre à la 8e Avenue et courut jusqu'à la 44e Rue. Il connaissait assez les lieux et ses pronostics furent bons ; la voie y fut plus accessible et il rasa les murs pour atteindre le milieu du bloc et se faufila dans l'allée de raccourci qui mène à la 45e Rue à côté du restaurant Junior's. Il traversa la 45e Rue à ce niveau et passa sous le corridor arrière du Marriott Hotel pour rejoindre la 46e Rue en milieu du bloc.

Un coup d'œil à Broadway et il se rendit compte que Times Square était presque vide déjà. Un frisson parcouru son corps alerte pourtant en sueur. Il s'humecta la gorge d'une salive épaisse qu'il sentit trop salée et fit une pause pour reprendre du souffle et mettre de l'ordre dans l'esprit face à l'inévitable danger qu'il était sur le point de braver dans les prochaines secondes.

Des commotions lui parvenaient depuis Broadway ; certaines personnes terrassées, sans doute piétinées par le mouvement de foules, gisaient à certains endroits tandis que d'autres étaient déjà en train d'être évacuées par des services pompiers arrivés sur les lieux in-extrémis. Jason devina que les quelques rares personnes encore valides en tenus civiles sur les lieux étaient des agents spéciaux du NYPD voire peut-être du FBI qui étaient discrètement mélangés à la foule, comme à l'accoutumé tous les jours, avant cette alerte de terreur. Des chaises étaient renversées partout sur les esplanades, et des détritus, emballages de nourriture, chaussures, bouteilles de boissons gazeuses, sacs et autres biens égarés jonchaient les trottoirs et les chaussées de l'éminent carrefour d'ordinaire très propre.

Jason jeta un coup d'œil à son téléphone, il était 12 heures 45 minutes, l'atmosphère était humide et chaude. Ayant bien étudié la photo reçue à travers le réseau du plan de maillage, il savait que le chien et la caisse de bombe étaient posés sur l'esplanade de Father Duffy près du TKTS, le guichet des tickets pour les spectacles produits dans les salles de théâtre qui peuplent les alentours de Broadway. Il voulait se rendre à cette esplanade pour libérer le chien ; et pour cela il devrait échapper d'abord au cordon de sécurité qui était en train d'être mis en place par la police autour du grand carrefour. Cette témérité dominait sa raison de la même manière qu'un appel céleste dominerait la raison d'un néophyte zélateur du tout puissant Dieu révélé dans les trois livres saints du Moyen-Orient. Risquer consciemment sa vie pour sauver la peau d'un animal, un chien doué fut-il, afin de préserver l'honneur d'une famille, noble fut-elle, dépasse tout bon sens. Chez Jason en cet instant, c'était un sixième ou septième sens qui dominait, loin du bon sens.

L'Agonie des Colombes

Jason passa ses deux mains dans ses longs cheveux noirs ondulés qu'il noua court à la nuque puis se débarrassa de son ample tunique dans le but de paraître moins extravagant et progresser avec plus de discrétion vers l'esplanade de Father Duffy. Il avança d'un pas assuré, jouant d'un air naturel avec sang-froid comme s'il était un agent expérimenté des services publics en mission sur le lieu de désastre. Une dizaine de mètres le séparait de Broadway, quand un agent de police le fixa d'un regard interrogateur. Il ne cilla pas et avançait imperturbable. Il pouvait voir vers le sud et remarqua que des personnes sont déjà mises aux arrêts et menottés par la police. Des auteurs de larcins ou autres délits pervers pendant le chaos, ou peut-être même déjà des suspects de l'acte de terreur, songea-t-il.

A cet instant, une automobile qui avait l'aspect d'un fourgon blindé immobilisé au coin ouest de la 45e Rue et Broadway sans une trace du chauffeur, attira l'attention d'un agent de police qui l'inspectait de prêt. Mais quand le policier manipula le poignet de la portière postérieure du véhicule, les battants s'ouvrirent soudainement et grandement, en toute surprise, comme poussés de l'intérieur. Il tiqua de peur ; sa frayeur s'amplifia quand une nuée de volailles, des centaines, se ruèrent hors de l'engin en battant des ailes et voltigeant dans tous les sens. C'étaient des pigeons, colombes inoffensives !

Les oiseaux n'avaient l'air de rien faire de menaçant mais leur nombre étouffant et la dynamique de leurs mouvements de voltige au tour du véhicule terrifièrent l'agent de sécurité qui battit en retraite dans une course fuyarde marquée de gémissements d'appel au secours. Presque toutes les attentions se dirigèrent vers cette scène surréaliste après la débandade de tout à l'heure. Et des colombes, il en sortait de plus en plus du véhicule dans une ruée vertigineuse. En un lapse de temps, le vide laissé dans le grand carrefour par la fuite des personnes fut quasiment rempli en moins de cinq minutes par ces pigeons agités. Les oiseaux inoffensifs mouvaient ensemble, dans tous les sens, et occupaient à présent le sol et les airs. Combien étaient-ils ? Ils pouvaient dépasser deux bons milliers.

La fulgurance des colombes dans leur apparition soudaine apposait en même temps un autre élément de curiosité. Certaines d'entre elles sortaient du véhicule en portant entre les becs un bout de papier imprimé, d'autres qui n'en avaient pas retournaient au véhicule et ressortaient avec le papier entre les becs ; finalement c'était comme elles faisaient toutes des allées et retours pour retirer ces bouts de papiers dans le véhicule et elles les éparpillaient sur tout l'espace de Times Square et aussi sur les rues et places publiques avoisinantes. La ruée volatile qui semblait désordonnée au début devint en un bout de temps une œuvre organisée d'artisans qui accomplissaient cons-ciencieusement une tâche répétitive. Le spectacle émerveillait et interrogeait en même temps la raison ordinaire.

Le téléphone de Jason sonna. Le visage de Paris s'afficha sur l'écran et il décrocha.

« Où es-tu, Jason ?

- À la 46ᵉ Rue et Broadway. Et toi ? et les autres ?

- À la 42ᵉ Rue et la 5ᵉ Avenue. Le capitaine Dorsinville vient de nous rejoindre, Tony et moi. As-tu vu Trouble ?

- Non, pas encore mais je suis à moins d'une centaine de mètres de l'emplacement où il doit se trouver. Mais il y a plein d'oiseaux ici entrain de distraire tout le monde.

- Oui, des colombes. Elles viennent jusqu'ici aussi. Elles éparpillent partout des bouts de papiers. C'est chiant ! »

Jason entendit la voix de Dorsinville qui criait presque pour s'adresser à lui à travers le téléphone de Paris :

« Ce doit être des pigeons entraînés à propos pour ce genre de comportement. Elles doivent avoir un lien avec ceux qui ont posé le chien et la bombe. Essayons de lire ce que disent les tracts. »

Sans couper l'appel, Jason ramassa l'un des papiers au sol et le lu à haute voix :

"Nous les colombes, nous les petits gens, nous faisons partie des quatre-vingt-dix-neuf pour cent du peuple;

Nous qui sommes financièrement exploités par les faucons de la minorité de un-pour-cent, ces un-pour-cent qui composent la coterie oligarchique ;

Nous les colombes nous continuons notre lutte pour la justice sociale par tous les moyens non sanglants et non meurtrier.

Notre alerte à la bombe est une fausse alerte matérielle, mais c'est pour nous un véritable cri de coeur politique, un moyen d'agitation circonstancielle pour faire entendre notre voix de désespoir et d'appel à l'espoir.

La Démocratie instaurée par les pères fondateurs de notre nation est en dérive irréversible vers une pure oligarchie de domination et d'exploitation financière depuis deux décennies.

Nous dénonçons cette dérive et proclamons que:

1- Nous sommes pour la richesse et l'abondance, nous ne détestons pas le luxe,

Mais nous sommes contre l'enrichissement injuste, contre l'opulence frauduleuse et exploiteuse.

2- Nous ne demandons pas du tout l'aumône ou la charité,
Mais nous demandons impérativement l'équité sociale.

3- Nous exigeons que le travail de l'honnête gent soit payé à sa juste valeur économique en rapport avec le profit global généré dans l'économie nationale.

4- Nous réclamons des institutions compétentes et effectives pour réglementer et réguler la finance globale afin d'empêcher les faucons, les loups et les buffles de semer l'insécurité et la désolation financière dans la société par leur fraudes, leur corruptions et la fougue de leurs appétits insatiables.

5- Nous voulons non seulement que Wall Street soit occupée,
Mais mieux, nous demandons qu'elle soit investie par des personnes saines d'esprit qui la purgeront des avides, des impulsifs et des insatiables nuisibles.

6- Nous voulons non seulement que l'ONU soit impérativement assiégée par les peuples authentiques,
Mais mieux, nous réclamons qu'elle se débarrasse plus rapidement de sa prise en otage par les puissances nucléaires, militaires et financières qui imposent la raison du plus fort par des alibis qui servent des intérêts impérialistes au lieu d'instaurer la force de la raison prudente pour servir le bien de toutes les nations dans la tolérance des diversités.

7- Nous condamnons le gaspillage des ressources, le surdéveloppement et la surconsommation dans notre société mercantiliste contemporaine.

8- Nous condamnons le jeu de compétition systématique en technologique qui crée seulement la vitesse et le remplacement au lieu de créer le progrès et le changement amélioré.

9- Nous avons la conviction que le niveau de progrès technique atteint par l'humanité actuellement lui permet déjà de produire des avoirs suffisants pour assurer le bien-être matériel de la planète entière.

10- *Nous croyons que la famine, les préjugés socioculturels et les conflits armés qui persistent et affligent des souffrances énormes à l'humanité ont pour cause principale l'ignorance historique et intellectuelle dans les masses. Cette ignorance facilite l'égoïsme, un vice essentiellement moral, qui fonde les ségrégations sociale, raciale et religieuse.*

Nous réclamons pour les peuples une éducation qui favorise l'éclosion rapide de la connaissance objective sur l'Humanité au même titre qu'elle favorise l'éclosion de la connaissance en technologie.

La Paix dépend de la Justice qui dépend à son tour de la vertu intellectuelle et morale.

Signés les Colombes en Lutte pour la Justice

Quand Jason eut fini de lire la dernière ligne du message, un sourire épanoui orna son visage ; ses yeux brillèrent d'un éclat de gemme et il s'exclama au téléphone « J'aime ça, j'adore ceci tout simplement et je fonce. Vive les colombes ! vive la justice ! je fonce ! ». Mais, le capitaine Dorsinville qui avait pris le téléphone des mains de Paris et avait actionné le module de radio en circuit fermée lui cria au téléphone « Hey Jason ! ne bouge pas, attention rien n'est sûr, attends-nous, nous venons tous tout de suite… Allons tous immédiatement à la 46ᵉ Rue et Broadway les gars. »

Toutes les autres équipes reçurent instantanément sur leurs radios la lecture faite par Jason et les instructions données par Dorsinville. On entendit Demouth s'exclamer sur les radios :

« Sapristi, tout ceci est génialement politique ! Qui peut y croire ? Bon Dieu !

- De la politique des pauvres et faibles ! Ponctua Touré.

- Mais au moins ils sont intelligents ; il faut l'avouer, rectifia Demouth. »

Tous convergèrent en course vers la 46ᵉ Rue et Broadway. Cependant, à Times Square Jason ne put se soumettre à l'ordre de précaution donné par le capitaine de réserve Dorsinville. L'idée de soustraire le chien doué de tout point focal des journalistes du sensationnel, qui ne tarderaient pas à investir les lieux, l'obnubilait et il se propulsa dans un gai élan optimiste. Il sauta la barrière sécurisée en bande plastique jaune dressée par la police et progressait vivement vers l'esplanade de Father Duffy en profitant du relatif relâchement momentané de certains agents de sécurité enjoués par le message que les colombes diffusaient. Mais, soudain, une cinglante détonation déchira l'atmosphère tendue des lieux. Un coup de feu puissant d'arme lourde. Jason fut cueilli dans son élan.

Il déséquilibra à la seconde, sa course fut désorientée par l'explosion qui l'envoya dans un plongeon fatal sur le côté, tête en avant. Il se cogna le crâne contre le flanc émaillé de granite noir du monument dressé à la gloire de Georges Cohan, l'illustre compositeur. Un long cri plaintif, réflexe d'un mélange de peur et de douleur, échappa de sa gorge.

Le mal ne l'immobilisa pas pour autant. Il roula péniblement sur lui-même, se recroquevilla comme un fœtus, se rallongea et se tortilla aussitôt telle une larve en tourment et ouvrit grandement les mâchoires comme pour happer tout l'air humide et chaud environnant. Ses paupières battirent. Il vit son téléphone, qui lui échappa de la main pendant la chute, loin à près de deux mètres; cependant il tenait toujours le message des colombes serré fortement dans la main droite. Il aperçut momentanément aussi le chien assis sur la caisse à bombe. Puis ses yeux faiblirent comme ses membres ; les nuages gris dans le ciel lointain associés aux gratte-ciels semés de panneaux lumineux puis confondus aux envolées fugaces des colombes exécutaient tous une danse vivace et multicolore autour de lui pareil à un élan rituel de Mambo afro-caraïbéen; fol tourbillon, grand vertige ! Il était au rivage du fleuve de l'oubli, enveloppé dans l'inconscient. L'appel lointain de sa sœur, Paris, vociférait dans le téléphone :

« *Jason es-tu sauf ? Jason es-tu sauf ? Jason es-tu sauf ?.. »*

Il entendait cette voix anxieuse et éloignée comme une supplication dans un rêve d'épouvante, mais il ne pouvait pas répondre ; les génies des songes l'en empêchaient, ils avaient absorbé toute son énergie, il était flasque au sol dans un coma.

À cet instant, le calme momentané qui suivit la puissante détonation permit aux colombes en fuite de revenir à la tâche, et une d'entre elles particulièrement, qui avait un petit drapeau national attaché à une patte, s'activait autour du chien doué qui n'avait pas bougé de la caisse. La colombe agissait visiblement dans un effort extrême pour disputer au chien la liasse de dollars qu'il serrait dans sa gueule. Elle provoquait le chien et l'agaçait, et face aux protestations que maugréait le chien elle voltigeait et se réfugiait un instant sur la tête de Father Duffy, revenait à l'assaut titiller vivement le chien au risque de le déséquilibrer et le faire descendre du haut de la caisse à bombe. Une sorte de fumée grisâtre fuitait de la caisse à intervalles réguliers et accentuait de ce fait l'énigme et la frayeur malgré le message rassurant éparpillé par les colombes.

Soudain encore, une puissante détonation. Elle faucha la colombe taquine en plein vol à mi-chemin entre la caisse à bombe et le monument de Father Duffy. Cette seconde explosion tira Jason de sa léthargie. Il bougea les membres et se coucha sur le flanc en lorgnant en direction de la caisse à bombe. Les colombes se dispersèrent de nouveau, mais celle qui fut fauchée chuta, déchiquetée et gisant au sol en libérant ses dernières forces de vie dans une agonie tressautée et sanglante ; son sang pur et tiède éclaboussait tout l'esplanade.

Jason sentit un objet léger comme un duvet se poser sur sa tempe. Il y porta son indexe, le doigt fut taché de rouge fit. Il poussa un juron de colère. Cependant, le remue-ménage des forces de sécurité décupla quand la brigade anti-bombe débarqua ses engins de détection et de désamorçage en plus de chiens renifleurs sur les lieux. Des ordres fusaient de partout et un ordre spécial en haut-parleur s'adressait à Jason, lui intimant l'ordre de s'immobiliser. C'est sans compter avec sa passion têtue, sa volonté implacable dictée par une foi en l'honneur familial.

Dans une impulsion, il éjecta son corps du sol comme un fin ressort décompressé et exécuta une souple et fulgurante galopade à quatre pattes, confondu à un guépard teigneux et alla, dans ce déploiement suicidaire, souffler prestement le chien du haut de la caisse sans bousculer la dernière. En fin de propulsion, il se recueillit à terre sur un bras pour amortir sa chute à quelques mètres au-delà de la caisse tandis que l'autre bras retenait fermement le chien doué, Trouble. Le chien, tout curieusement, ne lâcha pas de sa gueule la liasse de billets de dollars malgré la vigoureuse dégringolade à deux. Ce chien, peut-on dire, a décidément une relation fétichiste à l'argent. Des clameurs fusèrent de la cohorte d'agents de police et autres personnels de sécurité sur la grande esplanade. Cependant nul ne pouvait approcher de près la caisse à bombe ; la règle de précaution était de mise pour tous en ce moment précis.

Et du coup, l'enlèvement théâtral du chien du haut de la caisse à bombe provoqua l'entrebâillement sec de celle-ci dans un cliquetis métallique ; la petite fumée grisâtre se dissipa et, comble de surprise, c'était du pur bluff ; un gros canular !.. C'était plutôt un être vivant lugubre qui occupait la caisse en guise d'engin de terreur. Un faucon gras et malicieux.

Il s'y dressa, l'air nerveux mais tout fier. Ses yeux brillaient d'un éclat rouge incandescent tel un tison de bois coriace; il sauta du fond et se posa sur le bord de la caisse, battit bruyamment ses grandes ailes et émit un crissement intimidant. Les colombes apeurées se tinrent coites. La senteur du sang colombin répandu sur les lieux attira son flair et aiguisa son appétit carnassier. Il bondit sans attendre et alla cueillir brutalement dans ses serres tranchantes le corps ensanglanté encore tiède de la colombe abattue qui agonisait toujours sur l'asphalte chaud.

Il décolla aussitôt avec sa proie facile et se posa sur la tête de Father Duffy, promena ses yeux inquisiteurs sur toute l'esplanade depuis le haut du monument comme pour s'assurer que tous les êtres vivants présents sur les lieux se rendaient compte de sa domination sur tous, puis il s'envola de là dans une puissante tire-d'aile qui l'emmena en un rien de secondes très haut au-delà des cimes des géants gratte-ciels alentour. Là-haut, il tournoya posément en un vol plané de majesté, traçant un vaste cercle dans le ciel nuageux du large carrefour tandis que les colombes intimidées volaient et zigzaguaient, virevoltaient et tournoyaient en unisson à bonne distance de lui dans une sorte d'opéra de deuil à leur compagnon meurtri et sacrifié. Le rapace aux grandes ailes ponctuait sa volée avec des huissements de réclame de victoire et exhibait dans ses puissantes serres la dépouille inerte de sa proie ensanglantée. Le petit drapeau national flottant fébrilement au vent à la pâte de la colombe sans vie était le seul signe de mouvement dans le sillage plané du prédateur.

Satisfait d'avoir marqué son territoire conquis, l'être sanguinaire, faucon vorace, alla se poser sur le sommet de la plus éminente œuvre matérielle proche des lieux, la gigantesque Bank of America haute de ses trois cent soixante-dix mètres en cinquante étages de verre et d'acier prolongés d'un grand mat. Juché là, le rapace dominait orgueilleusement l'entière mégalopole de New York City. Sauf l'Empire State Building échappait à son règne . Du haut de l'émérite banque il y fera son festin de sang tiède et de chair fraîche, force vitale du faible, souffle de l'inoffensive colombe.

Le Chœur des Indignés

Au sol à Times Square, un reflux de foule se faisait en convergence vers le carrefour malgré le siège des lieux par la police et autres forces de sécurité. Demouth et Touré sont déjà là, Min et Dogood aussi. Le capitaine Dorsinville, Paris et Tony, Benny et Klein sont tous présents. Les colombes voltigeaient bas sur le carrefour dès lors que le faucon s'en était éloigné. Les foules s'agglutinaient et pressaient sur l'esplanade, faisaient des commentaires animés et intéressés à propos du message transmis par les colombes sur les tracts. Dès leur arrivée sur les lieux, Paris fut hâtive de demander à Dorsinville :

« Ont-ils tué quelqu'un ?

- Non, les deux détonations que nous avions entendues sur nos téléphones étaient des tirs d'élites destinés à débarrasser le chien et la caisse d'une colombe qui fut identifiée comme le manège de déclenchement de la supposée bombe dans la caisse.

- Ils ont donc tué une colombe ?

- Oui, une colombe, pas un homme.

- Oui, mais une colombe qui défendait la bonne cause des humains ! intervint Demouth.

- Soit, reconnut Dorsinville. »

Jason était toujours en vie mais mal-en-point. Il était mis en joue en ce moment par plusieurs dizaines de cannons d'armes automatiques. Les policiers avaient tous leurs oreilles tendues sur la fréquence de la radio portatif que chacun d'eux avait à la ceinture, prêts à exécuter un très probable ordre d'ouvrir le feu sur la cible. À genoux, Jason avait les deux bras serrés autour du chien doué, Trouble, sur sa poitrine. Il haletait et suait mais restait serein.

Les centaines de vidéos cameras intelligentes qui peuplent discrètement les façades des édifices et les sommets d'autres équipements publiques à Times Square renseignaient des centres de vidéo surveillance publique et de commandement policier bien éloignés de là. La coordination de l'intervention était sans doute pilotée depuis un ou plusieurs de ces bases de visualisation instantanée à distance et permettait de limiter des bavures tout en augmentant l'efficience de répression de toute menace.

Le berger allemand renifleur d'explosif, lâché sur la caisse à bombe et sur Jason, n'avait rien signalé d'inquiétant. En plus un agent de la brigade de détection et de désamorçage de bombe était entré en action. Engouffré dans un costume protectif qui rappelait celui des cosmonautes, il se dirigea en allure calculée vers la caisse pour exécuter un test de détection au Rayon X.

Paris eut un soupir de soulagement momentané quand elle vit Jason et le chien ensemble, en vie. Mais la posture des policiers qui visaient presque tous Jason de leurs armes automatiques diffusait un effroi de tragédie imminente dans l'air. Cinq hélicoptères de la police se tenaient immobiles dans le ciel, disposés en cercle autour du grand carrefour, vrombissant leurs hélices dans une sonate déprimante qui ferait grogner et grincer les dents à tout mélomane. Des tireurs d'élites juchés depuis ces engins aériens avaient eux aussi Jason dans le viseur de leurs cannons.

Le spécialiste de détection de bombe fit un signe et six policiers se ruèrent sur Jason que les tests venaient de révéler négatif de même que la caisse. Au moment où les policiers s'emparèrent de Jason, il porta doucement sa main gauche à la nuque et toute sa main revint tachée de sang ; il saignait beaucoup de la tête. Paris remarqua en ce moment le filet de sang qui coulait sur la tempe de son frère ; elle paniqua et lâcha un terrible cri de rage:

« Les *merdeuuux* !!! ils t'ont tiré dessus Jason? oh Jésus ! oh les salauds ! Nooooon ! Je vais les pulvériser !!! »

Elle fit un échappé brusque vers l'esplanade. Dorsinville, sur le qui-vive, la retint in-extrémis avec l'aide de Demouth. Son cri plein de dépit émis de sa voix ténor à fort décibel capable de briser un larynx domina le vacarme et percuta toute la foule. Ce fut comme un clairon qui annonçait la charge sur un champ de bataille.

En réponse au cri de désespoir de sa sœur, Jason émit un sourire rassurant, secoua la tête en signe de « non », lâcha le chien et fit un signe V de victoire en levant brièvement son indexe et son annulaire avant de se laisser menotter. Le chien bondit à terre, fila entre les jambes des policiers qui essayèrent avec peine de le retenir. Il fit une cavale de grands trots pour rejoindre Paris. La foule qui se faisait compacte et pressait de plus en plus sur les barrières de la police étaient sous un charme doublé d'une tension indicible. Elle n'avait aucune idée de l'identité de Jason et du chien, mais agissait sous l'impulsion d'une occasion propice.

Les émotions pulsaient dans une mixture adhérente et échauffante. La sympathie spontanée pour l'action collective étonnante des colombes, la quiétude retrouvée du fait de l'inexistence d'une menace de terreur, l'enthousiasme apporté par le message d'espoir éparpillé partout, l'intimidation prolongée que la présence traînante du pléthore des forces de sécurité en noir ou bleu minuit faisait régner encore sur les lieux, l'empathie face au désarroi de Paris, l'admiration pour le flegme de Jason, tout cela bouillonnait en tempo et montait du cœur des diverses sensibilités dans la multitude.

Le chien, comme un petit enfant gâté qui retrouvait sa maman après un sale temps en compagnie de rudes étrangers, sauta dans les bras de Paris au point de l'envoyer à la renverse si ce ne fut l'épaule gauche de Demouth qui lui servit d'appui arrière dans son vacillement. Le chien reconnut Demouth tout de suite, fit un grognement de joie et commença par tendre le cou avec agitation pour l'inviter à se saisir de la liasse de billets de dollar qu'il pinçait toujours dans sa gueule. Demouth retira la liasse de billets verts ; tâta le lot comme pour estimer le montant tandis que tout le monde tombait médusé par cette complicité entre le chien et Demouth.

Dans la foule, le charme fut remplacé sans transition par une excitation forte quand deux gaillards crièrent des hourras d'encouragement pour pousser Demouth à empocher le magot.

Mais un policier avançait vers lui avec un air intimidant. Avant que l'agent ne fût proche, Demouth lâcha haut à son endroit :

« Voici cinq cents dollars si j'ai bien estimé, les voulez-vous, monsieur le policier ? »

Le policier ne dit mot et s'immobilisa à moins de deux mètres face à lui attendant peut-être un ordre pour agir. Dorsinville sortit et exhiba sa médaille de détective et rassura le policier :

« Je m'occupe de ce gars, il est en de bonnes mains ». Le policier acquiesça de la tête, mais ne bougea pas. En ce moment on installait Jason sur une civière pour l'embarquer dans une robuste ambulance de la police.

« Tu n'as pas besoin de cet argent, Mr Demouth, fit Paris.

- Euuh oui… euuh pas vraiment. J'ai besoin d'argent, mais de celui-ci je n'en suis pas sûr.

- Oui pas de celui-là, je te dois mille fois cela, je promets.

Demouth, un peu confus et comme s'il n'avait pas bien entendu, s'exclama :

- Que voulez-vous dire, pouvez-vous répéter ?

- Je te dois mille fois cet argent, je promets. Entendu maintenant ? » cria Paris dans son oreille gauche.

Demouth s'esclaffa plaisamment comme s'il venait d'entendre une fausse déclaration d'amour. Il fut quand même aux anges quelques secondes avant de revenir à la réalité de la foule et laissa négligemment tomber par terre la liasse de dollars qui fit un grand ''plof'' en s'étalant au sol. Le chien doué protesta vigoureusement dans les bras de Paris comme un bébé qui réclamait capricieusement sa tétine qu'on venait de jeter à terre. Mais Paris fut désormais vigilante et le retint de force. Un petit vent souffla sur le grand carrefour et circulait bas. Il était léger et tiède, soulevait et poussait certaines des coupures vertes entre les jambes de la foule.

La civière où était allongé Jason fut soulevée pour être introduite dans l'ambulance de la Police. Jason leva la tête et cria à l'endroit de sa sœur : « Paris, je t'aime. J'aime la famille ! j'aime vous tous qui êtes ici, je vous embrasse. Je me porterai bien, je promets !

- Oui, répliqua Paris réprimant un sanglot et criant, Jason nous t'aimons aussi nous tous. Tu te porteras bien et tu seras libre, oui tu seras libre ! »

Dans la foule, une voix anonyme singulièrement

puissante s'éleva comme un cantor prodigieux et scandait:

« Libérez Jason ! Libérez Jason ! Nous sommes tous des colombes !

- Nous sommes les colombes ! répliqua une autre voix, nous sommes les quatre-vingt-dix-neuf pour cent ! Libérez Jason ! »

La réplique s'éparpilla en unisson en moins d'une minute dans la foule et devint une tirade en chœur. Spontanément, les spectateurs hétéroclites de tout à l'heure devinrent presque tous des acteurs unifiés par la magie de la compassion, l'aiguillon lyrique et la force du nombre. Un petit groupe plus actif qui avait l'air organisé donnait l'impulsion à la multitude bigarrée.

Ils dominèrent et emplirent le vaste carrefour de leur chant en chœur venant du fond du cœur. Tous mélangés venus de partout, de tous les continents, de tous les teints, tous les genres et de toutes les orientations hétéro-homo-trans et bi, de tous milieux, ils composèrent une cohue unie qui réclamait la liberté et la justice ici et maintenant. Ils s'épaulaient et s'encourageaient, se supportaient. On pouvait remarquer aussi certains employés des compagnies opérant à Times Square participer spontanément et activement à la chaude démonstration.

La cohue scandait son hymne de détresse et d'appel à l'espoir et électrisait tout le grand carrefour de son énergie affective. Dans les airs, les colombes faisaient des pirouettes incessantes, se croisaient et se poursuivaient de gaieté renaissante ; traçaient des sillons inextricables, fluides et fugaces dans l'éther léger au-dessus de la cohue survoltée.

La passion pour le bien imprégnait tout et tous à présent et Paris émue, extenuée et amusée versait des larmes de joie. Elle se sentait comme reconvertie à une nouvelle foi, à un nouvel amour, l'amour du partage. Son esprit qui était en blues, il y avait peu de temps, ressentait d'instinct une lueur d'espérance se pointer dans le crépuscule qui l'avait inondée depuis hier matin. Elle n'avait plus peur qu'on l'identifiât dans la foule. Elle se laissa aller contre le buste épais de Dorsinville qui l'embrassa et l'étreignit affectueusement dans ses bras laborieux.

Leurs souffles se croisèrent et leurs sueurs se mêlèrent. C'est le commencement d'une autre histoire.

Fermeture

Jason était emporté vers l'hôpital pour les soins, Paris était restée blottie contre Dorsinville tandis que Demouth, avec un air détaché, regardait pensif la foule excitée. La police restait là impassible, observant l'extase revendicative de la masse et surveillait tout débordement probable.

Demouth distingua par hasard dans la foule des indignés excités un visage familier ; celui d'une jeune femme agitatrice qui portait un pantalon de lin blanc. Il se concentra pour remembrer ce visage. L'image lui vint. Il reconnut la jeune femme qui, la veille au matin, l'avait abordé sur le banc public à côté de Double Check sur Liberty Street près du World Trade Center et avait pris la photo du chien doué. Il se rendit compte alors que la jeune femme n'était pas innocente, elle faisait partie de la cellule extrémiste anti-Wall Street, et elle était à l'origine du manège qui avait permis au groupe de le traquer pour enlever le chien doué. Il conclut alors que *l'agitateur public, le rebelle subversif naît souvent sous le bon signe d'un ange gardien des multitudes.* Il n'en tint pas rigueur.

Le téléphone qu'il tenait sonna ; ce fut Roseline l'infirmière ; il décrocha et s'épancha très enthousiasmé « Aaah, oui Roseline, oui tout va bien maintenant… oui tout, je viens te rejoindre tout de suite. Toute mon affection, je t'embrasse très fort ! et je viens ».

Après l'appel jovial, il souffla puis fit un au revoir discret et cordial à toute l'équipe ; promit à Dogood de le retrouver le lendemain au rendez-vous matinal habituel sur Wall Street. Puis il s'en alla, pensant plaisamment sans trop y croire à la grosse donation qui lui fut promise par Paris. Il entendit un woof ! woof ! derrière. Il tourna la tête en direction de l'équipe et vit Trouble s'agiter dans les bras de Paris. Il leva et agita la main pour répondre à son au revoir canin et partit, serein, vers la bouche du Métro R de la 7e Avenue à Times Square.

Considérations subsidiaires

À Washington, dans les bureaux de la Maison-Blanche, on évalua l'incident et l'on modéra une directive présidentielle prise la veille. On décida de déclasser cette affaire de Manhattan de la liste des urgences du Plan de Combat Antiterroriste. Le NYPD, police locale de New York City, s'occupera de repérer les commanditaires pour une procédure en justice.

Ouvrages de Michel KINVI

Lisez aussi

- ''DISCOURS À MA GÉNÉRATION''
Édition L'Harmathan , Décembre 2006,
en Format imprimé ISBN 2-296.01777.0
en Format Ebook Pdf, EAN : 9782296159822

- ''TRINITÉ ÉPIQUE À MANHATTAN'' ,
en Farmat Ebook ISBN: 978-0-9906431-1-1
Juillet 2014

- Plusieurs articles de journaux et de blog

Contacts : kinvimichel@yahoo.fr

mkinvi@gmail.com

www.ingramcontent.com/pod-product-compliance
Lightning Source LLC
Chambersburg PA
CBHW031407250626
47155CB00004B/1451

9 780990 643104